예언자

그린이_ 윤길영

홍익대학교 공예학과를 졸업했다.
현재 한국미술협회 고문, 씨올미술협회 회장, ICA국제현대미술협회 회장,
대한민국아카데미미술협회 자문위원, 일본 살롱블랑미술협회 한국본부장
으로 있으며, 대한민국수채화작가협회 이사장을 역임했다.

예언자

—
1판 1쇄 2014년 12월 1일
2판 1쇄 2024년 12월 5일
지은이 칼릴 지브란
옮긴이 공경희
펴낸이 김영재
펴낸곳 책만드는집
—
주소 서울 마포구 양화로3길 99, 4층 (04022)
전화 3142-1585·6
팩스 336-8908
전자우편 chaekjip@naver.com
출판등록 1994년 1월 13일 제10-927호

—
ISBN 978-89-7944-885-6 (03840)

예언자
The Prophet

칼릴 지브란 지음

공경희 옮김

책만드는집

| 차례 |

배가 오다

◇

선택받은 자이며 사랑받는 자, 시대의 여명인 알무스타파는 오르팔레세 성읍에서 자신을 태우고 고향 섬으로 돌아갈 배를 십이 년째 기다리는 중이었다.

그리고 십이 년이 되던 해, 추수의 달 이엘룰Ielool의 이레째 되는 날, 그는 성벽 밖 언덕에 올라 바다 쪽을 내다보다가 안개에 휩싸여 다가오는 배를 발견했다.

그 순간 그의 마음의 문이 활짝 열리며 환희가 멀리 바다로 흘렀다. 그는 눈을 감고 영혼의 고요 속에서 기도했다.

하지만 언덕을 내려왔을 때 슬픔이 내려앉아 그는 마음속으로 생각했다.

내 어찌 평온하게, 슬픔 없이 가겠는가? 아니, 영혼의 상처 없이 이 성을 떠나지 못하리라.

나는 성벽 안에서 기나긴 고통의 나날을 보냈고, 고독의 밤들은 길디길었다. 그 누가 아쉬움 없이 고통이며 고독과 헤어질 수 있을까?

이 거리거리에 내가 뿌린 무수한 영의 조각들, 벌거벗은 채 이 언덕들 사이를 누비는 수많은 내 갈망의 자식들. 그러니 나는 근심과 아픔 없이 그들을 떠날 수 없으리.

내가 오늘 벗어 던지는 것은 옷이 아니라, 내 두 손으로 찢는 살갗인 것을.

내가 두고 떠나는 것은 생각이 아니요, 허기와 갈증으로 소중해진 마음일지니.

하지만 더 이상 지체할 수 없다.

모든 것을 불러내는 바다가 나를 부르니, 나는 배에 올라야 하리라.

밤 속에서 시간들이 타오를지라도, 머무는 것은 얼어

붙는 것, 결정結晶이 되어 틀 속에 갇히는 것이니.

기꺼이 여기 있는 모든 것을 안고 가고 싶구나. 하지만 어떻게 그럴 수 있을까?

목소리는 자기에게 날개를 준 혀와 입술을 가져갈 수 없는 것을. 홀로 창공을 찾아가야 하는 것을.

그러니 독수리는 홀로, 둥지 없이 날아 태양을 지나겠지.

언덕 기슭에 닿자 그는 다시 바다 쪽으로 몸을 돌려 항구로 다가오는 배를 보았다. 뱃머리에 뱃사람들이, 고향 땅의 사람들이 있었다.

그의 영혼이 그들에게 소리쳤고, 그는 말했다.

내 모국의 아들들이여, 파도를 타 넘는 그대들이여,

내 얼마나 자주 꿈속에서 그대들과 항해했던가. 그런데 이제 그대들은 내가 깨어 있을 때 오는구나. 이것이 나의 더 깊은 꿈.

나는 갈 준비가 되었고, 내 열정은 돛을 펴고 바람을 기다리네.

이 고요한 대기에 내 한 번만 더 숨결을 불어 넣고,

한 번만 더 정감 어린 눈길로 되돌아보면,

그 후에 나는 그대들 사이에 서 있으리, 뱃사람으로
서 뱃사람들 속에.

그리고 그대, 광활한 바다, 잠들지 않는 어머니여,

홀로 강과 시냇물에 평화와 자유를 주는 이여,

이 시냇물이 단 한 번 굽이돌고,

숲속 빈터에서 단 한 번 중얼거림이 있으면,

그리고 나면 나 그대에게 가리, 무한한 물방울이 무
한한 큰 바다로.

그리고 그는 걷다가, 멀리서 남자들과 여자들이 들녘
과 포도밭에서 나와 서둘러 성문으로 향하는 광경을 보
았다.

또 그는 사람들이 그의 이름을 부르는 소리를 들었
다. 그가 타고 갈 배가 왔다는 외침이 들녘에서 들녘으
로 퍼졌다.

그러자 그는 혼잣말로 중얼거렸다.

이별의 날이 만남의 날인 것인가?

그리고 나의 저녁이 실은 나의 새벽이었다고 말할 수
있을까?

또 쟁기를 이랑에 던지거나 포도주 압착기를 내려놓고 온 사람들에게 나는 무엇을 줄 것인가?

내 마음은 과실이 주렁주렁 달린 나무가 되어 그 열매를 그들에게 주게 될까?

또 내 갈망이 분수처럼 넘쳐흘러서 내가 그들의 잔을 채워주게 될까?

나는 신의 손이 어루만질 하프이거나 신의 숨결이 지나갈 피리인가?

나는 침묵을 구하는 자, 침묵 안에서 어떤 보물을 찾아내어 자신 있게 나누어줄까?

이날이 추수의 날이라면, 나는 어떤 들녘에 어느 기억 못 할 계절에 씨를 뿌렸던가?

정녕 지금이 내가 등잔을 들 시간이라 한들 거기서 타는 것은 나의 불꽃이 아니리.

공허와 어둠 속에서 내가 등잔을 들어 올리면,

그러면 밤의 수호자가 등잔에 기름을 채우고 불도 붙여주리라.

그는 이런 말들을 했다. 하지만 마음속의 많은 것을 다 말하지는 못했다. 그 스스로 더 깊은 비밀을 말할 수 없었기에.

그가 성안으로 들어가자 그를 만나러 온 사람들이 모두 한목소리로 외쳤다.

그리고 성의 원로들은 앞으로 나와서 말했다.

아직은 우리를 떠나지 마십시오.

우리의 황혼기에 그대는 전성기였고, 그대의 젊음은 우리에게 꿈을 주었습니다.

우리 속에서 그대는 이방인도 손님도 아닌 우리의 아들이요, 우리가 진정 사랑하는 이일지니.

그대의 얼굴을 찾느라 우리의 눈이 아프게 하지 마십시오.

그러자 남녀 사제들도 그에게 말했다.

아직은 바다의 파도가 우리를 갈라놓게 하지 마십시오. 당신께서 우리 속에서 보낸 세월이 추억이 되게 하지 마십시오.

당신은 우리 속에서 영으로 걸어왔고, 당신의 그림자는 우리 얼굴에 빛을 드리웠나니.

우리는 당신을 무척 사랑했지요. 하지만 우리의 사랑

은 말이 없었고, 베일로 사랑을 가렸습니다.

하나 이제 사랑은 당신께 크게 외치고, 당신 앞에 모습을 드러내어 서 있을 것입니다.

그리고 작별의 시간을 맞을 때까지 사랑은 스스로의 깊이를 모른답니다.

다른 사람들도 와서 그에게 애원했다. 하지만 그는 그들에게 대답하지 않았다. 그저 고개를 숙일 뿐. 가까이 서 있는 이들은 그의 가슴팍으로 눈물이 줄줄 흘러내리는 것을 보았다.

그와 사람들은 사원 앞의 드넓은 광장으로 향했다.

사원에서 알미트라라는 이름의 여인이 나왔다. 그녀는 예언녀였다.

그는 그녀를 몹시 애틋하게 바라보았다. 성에 온 지겨우 하루 지났을 때 처음으로 그를 찾아와서 믿어준 사람이었으므로.

그녀가 그를 부르며 말했다.

궁극을 찾는 신의 예언자시여, 당신은 배를 찾아 머나먼 길을 다녔나이다.

그리고 이제 당신의 배가 왔으니 당신은 마땅히 가셔

야 합니다.

추억이 깃든 대지와 더 큰 소망이 거하는 곳을 향한 당신의 갈망은 깊습니다. 하여 우리의 사랑으로도 당신을 묶지 못하며, 우리의 욕심으로도 당신을 붙잡지 못합니다.

하지만 당신께 청하오니 우리를 떠나기 전에 말해주소서. 우리에게 당신의 진실을 나누어주소서.

그러면 우리는 그것을 우리 아이들에게 줄 것이며, 그 아이들은 제 아이들에게 전할 것이니 그 진실은 그치지 않을 것입니다.

고독 속에서 당신은 우리의 나날을 지켜보았고, 깨어서 우리가 잠결에 울고 웃는 것에 귀 기울였습니다.

그러니 이제 우리를 우리 자신에게 펼쳐주소서. 탄생과 죽음 사이에 있는 것들에 대해 당신이 알게 된 것을 우리에게 말해주소서.

그러자 그가 대답했다.

오르팔레세의 사람들이여, 지금 그대들의 영혼 속에서 움직이는 것 외에 내가 무엇을 말할 수 있으리?

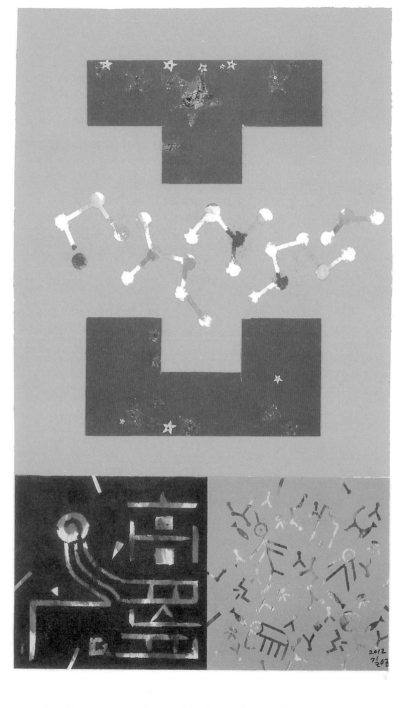

2012
7½08

사랑에 대하여

◇

그러자 알미트라가 말했다. 우리에게 사랑에 대해 말
해주소서.

이에 그는 고개를 들고 사람들을 바라보았다. 그들에
게 적막이 내려앉았다. 그는 고결한 목소리로 말했다.

사랑이 그대에게 손짓하면 그를 따라가기를,

그 길이 험하고 가파를지라도.

또 그의 날개가 그대를 감싸면 응하기를,

그의 깃털 아래 숨겨진 칼이 그대에게 상처를 입힐지
라도.

그가 그대에게 말을 걸면 그를 믿기를,

삭풍이 정원을 황폐하게 만들듯 그의 목소리가 그대의 꿈을 산산이 부술지라도.

사랑은 그대를 왕위에 앉히는 한편 그대를 십자가에 매달지니. 그는 그대의 성장을 바라듯 그대를 가지치기 할지니.

그는 그대의 꼭대기까지 올라가 햇살을 받아 파르르 떠는 아주 여린 가지들을 쓰다듬듯,

그대의 뿌리까지 내려가 흙을 움켜쥔 뿌리들을 흔들지니.

그는 그대를 옥수수 다발처럼 자신에게 그러모으네.

그는 그대를 타작해서 그대를 벌거벗기네.

그는 그대를 체로 쳐서 그대를 껍질에서 벗어나게 하네.

그는 그대를 갈아서 새하얗게 만드네.

그는 그대를 나긋나긋하게 반죽하네.

그런 다음 그는 그대를 성스러운 불 속에 던지네. 그대가 성스러운 빵이 되어 신의 성스러운 축제에 바쳐질 수 있도록.

사랑은 이 모든 일을 그대에게 베풀어, 그대로 하여
금 마음의 비밀을 알게 하고 그 앎 속에서 한 조각 생의
심장이 되리.

하지만 그대가 두려움에 빠져 사랑의 평안과 사랑의
쾌락만을 구한다면,
그때는 벌거벗은 몸을 덮고 사랑의 타작마당에서 빠
져나가는 편이 더 나으리.
계절이 없는 세계로 들어가면 그곳에서는 웃어도 웃
음을 다 쏟아내지 못하며, 울어도 눈물을 모두 흘리지
못하리.

사랑은 자기 외에는 아무것도 주지 않고, 자기 외에
는 아무것도 구하지 않네.
사랑은 소유하지 않으며 소유당하지 않네.
사랑은 사랑으로 충분하므로.

사랑한다면, "신이 내 마음속에 계신다"라고 말하지
말고, "내가 신의 마음속에 있다"라고 말하기를.
또 그대가 사랑의 길을 이끌 수 있다고 생각하지 말

기를. 그대의 가치를 알게 되면 사랑이 그대의 길을 이
끌어줄 것이므로.

사랑은 스스로 충족하는 것 외에 다른 욕망을 갖지
않네.

하지만 그대가 사랑을 하고 꼭 욕망을 가져야겠다면,
다음의 것들을 욕망으로 삼기를.

녹아서 밤을 향해 선율을 들려주며 흐르는 시냇물처
럼 되는 것.

지나친 애정의 아픔을 아는 것.

사랑에 대한 그대 나름의 깨달음으로 인해 상처받는 것.

기꺼이, 그리고 기쁘게 피 흘리는 것.

새벽녘에 날개 달린 마음으로 일어나서 사랑할 하루
를 더 얻었음에 감사하는 것.

한낮에는 쉬면서 사랑의 황홀함을 명상하는 것.

저녁에는 감사하면서 집으로 돌아가는 것.

그런 다음 마음으로는 연인을 위해 기도하고 입술로
는 찬미의 노래를 하면서 잠드는 것.

결혼에 대하여

◇

그때 알미트라가 다시 입을 열어 말했다. 그러면 결혼은 무엇입니까?

그러자 그가 대답했다.

그대들은 함께 태어났고 영원토록 함께하리.

죽음의 흰 날개가 그대들의 나날을 산산조각 낼 때도 그대들은 함께하리.

아, 신의 적막한 기억 속에서조차 그대들은 함께하리.

그러나 함께하면서도 거리를 두기를.

그리하여 그대들 사이에 천상의 바람이 너울대게 하기를.

서로 사랑하되 사랑에 굴레를 씌우지 말기를.

사랑을 그대들 영혼의 양쪽 해안 사이에서 흐르는 바
다가 되게 하기를.

서로의 잔을 채울 것이며 한쪽의 잔만 마시지 말기를.

서로 빵을 줄 것이며 한쪽의 빵만 먹지 말기를.

함께 노래하고 춤추고 즐기되, 각자 홀로 있기를.

비파의 현들이 하나의 음악을 만들지만 따로따로이
듯이.

마음을 주되 서로 간직하지 말기를.

삶의 손만이 그대들의 마음을 가질 수 있으니.

나란히 서되 너무 가까이 있지 말기를.

사원의 기둥들도 떨어져 서 있나니,

참나무와 편백나무는 서로의 그늘에서는 자라지 않
나니.

마음을 주되 서로 간직
하지 말기를, 삶의 손만이
그대들의 마음을 가질수있으니,
나란히 서되 너무 가까이
있지 말기를, 사원의 기둥들도
떨어져 서 있나니, 참나무와
편백나무는 서로의 그늘
에서는 자라지 않나니,

자녀들에 대하여

◇

품에 아기를 안은 여인이 말했다. 우리에게 자녀들에
대해 말해주소서.

그러자 그가 말했다.

그대의 자녀들은 그대의 자녀들이 아니라네.

그들은 스스로 갈망하는 생명의 아들딸들일 뿐.

그들은 그대를 통해 오지만 그대로부터 오는 게 아니지.

또 그들이 그대와 함께 있다 해도 그들은 그대의 소
유가 아니네.

자녀들에게 사랑을 주어도 생각은 주지 못하지,

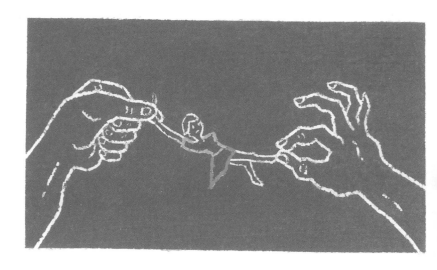

그들 스스로 생각을 갖고 있기에.

그들의 육신은 집에 들여도 그들의 영혼은 그리하지 못하지,

그들의 영혼은 내일의 집에 살고, 그대는 꿈속에서도 그곳을 찾아갈 수 없기에.

그대는 자녀들같이 되려고 애쓸 수 있지만 그들을 그대처럼 만들려고 하면 안 되네.

인생은 뒤로 가지 않고 어제와 함께 머무르지도 않으니.

그대는 활이요, 자녀들은 살아 있는 화살처럼 그 활에서 나아가네.

궁수이신 신은 무한의 길에 새겨진 표적을 보고, 힘을 들여 그대를 구부려서 화살이 빠르게 멀리 날아가게 하지.

궁수이신 신의 손에 구부려지는 것을 기뻐하기를.

신은 날아가는 화살을 사랑하듯이 든든한 활도 사랑하시니.

베풂에 대하여

◇

그러자 어느 부자가 말했다. 우리에게 베풂에 대해 말해주소서.

그가 대답했다.

소유물을 주는 것은 주지 않는 것과 다름없네.

자신을 줄 때야말로 진정으로 주는 것이네.

소유물이란 내일 필요할까 염려스러워 간수하고 지키는 것이 아닌가?

그리고 내일……. 순례자들을 따라 성지에 가면서 흔적 없는 모래밭에 뼈를 묻는 신중한 개에게 내일은 무엇을 가져다줄까?

또 궁핍할까 두려워하는 것이 바로 궁핍 아닌가?

샘이 넘치는데도 갈증을 겁내는 것이 바로 풀 길 없는 갈증 아닌가?

많이 가진 것 중 조금 주는 이들, 그들은 남이 알아주기를 바라며 그것을 내어주고, 그들의 감추어진 욕망은 선물을 해로운 것으로 만드네.

가진 게 얼마 안 되지만 다 내어주는 이들도 있네.

그들은 삶과 삶의 풍성함을 믿는 자들이며, 그들의 궤짝은 비는 일이 없네.

기뻐하며 주는 이들이 있네. 그 기쁨이 그들이 받는 상일지니.

고통스러워하며 주는 이들이 있네. 그 고통이 그들이 받는 시련일지니.

주면서도 고통을 모르고, 기쁨을 구하지도 않고, 덕을 행한다는 생각도 없이 주는 이들이 있네.

그들은 저편 계곡에서 은매화가 공중에 향기를 날리는 것처럼 주네.

이런 이들의 손을 통해서 신은 말씀하시고, 그들의 눈 뒤에서 신은 이 땅에 미소 지으시네.

부탁받고 주는 것도 좋지만, 부탁받지 않고도 사정을 헤아려서 주는 것은 더욱 좋네.

인심 좋은 이에게는 받아줄 이를 찾는 일이 주는 것보다 더한 기쁨.

내어주지 않을 게 뭐가 있으리?

언젠가는 가진 모든 것을 내놓게 될 것을.

그러니 지금 베풀기를. 베풂의 때를 후손들이 아닌 그대가 누리기를.

흔히 "받을 자격이 있는 이들에게만 베풀고 싶다"라고 그대는 말하네.

과수원의 나무들은 그런 말을 하지 않고, 초원의 가축들도 그렇게 말하지 않네.

그들은 살기 위해 베푸네. 내어주지 않으면 썩어버리므로.

낮과 밤을 받을 자격이 있는 사람이라면, 그대에게 다른 모든 것을 받을 자격이 있네.

생의 바다에서 마실 자격이 있는 사람이라면, 그대의 작은 시내에서 잔을 채울 자격이 있네.

받아줄 줄 아는 용기와 자신감, 아니 받아주는 저 아

량보다 큰 보답이 무엇일까?

그대가 무엇이기에 남들이 가슴팍을 젖히고 자존심
을 드러내어 그대에게 적나라한 자신의 가치와 부끄러
워하지 않는 자존심을 내보여야 하는가?

우선 그대가 베풀 자격이 있는지, 또 베풂의 도구가
될 자격이 있는지부터 살피기를.

사실 삶이 삶에게 주는 것이지, 자신을 베푸는 자로
여기는 그대는 목격자에 지나지 않는다네.

그리고 그대, 받는 이는—그대들 모두 받는 이들이
지—감사의 무게를 가늠하지 말기를. 그것은 그대 자신
과 베푸는 이에게 멍에만 될 터이니.

선물을 날개 삼아 베푸는 이와 더불어 날아오르기를.

빚에 연연하는 것은 베푸는 이의 너그러움을 의심하
는 일일지니. 푸근한 대지를 어머니로, 신을 아버지로
둔 그이거늘.

먹고 마시는 것에 대하여

◇

그러자 여관 주인인 노인이 말했다. 우리에게 먹고 마시는 것에 대해 말해주소서.

그가 말했다.

땅의 향기를 먹고 살 수 있다면, 식물처럼 빛으로 살아갈 수 있다면.

그러나 그대는 먹기 위해 살생해야 하고, 목을 축이기 위해 갓난것에게 어미젖을 빼앗아야 하니, 그것이 예배 행위가 되게 하기를.

식탁을 제단으로 만들어, 그 위에 숲과 들판에서 난 순수하고 순결한 것들을 올리기를. 사람 안의 더 순수하고 훨씬 더 순결한 것을 위해 그것들을 제물로 삼기를.

  동물을 잡을 때는 마음속으로 말하기를.
  "너를 베는 그 힘으로 나 역시 베이리라. 나 또한 먹히리라.
  너를 내 손에 넘겨준 법에 의해 나도 더 강한 손에 넘겨지리라.
  너의 피와 나의 피는 천상의 나무를 먹이는 수액일 뿐."

사과를 베어 물 때는 마음속으로 말하기를.
"너의 씨앗이 내 몸에서 살리라.
너의 내일의 싹이 내 심장에서 꽃을 피우리라.
너의 향기가 내 숨결이 되리니,
우리 함께 사시사철 기쁨을 누리리라."

가을에 포도밭에서 포도를 수확할 때는 마음속으로
말하기를.
"나 또한 포도밭이요, 내 과실은 수확되어 압착기로
들어가리라.
또 새 포도주처럼 나는 영원의 항아리 속에 보관되리
라."
겨울이 되어 포도주를 따를 때는 잔마다 마음속에 노
래를 담기를.
그 노래에 가을날과 포도밭과 압착기의 기억을 담기를.

일에 대하여

◇

그러자 농부가 말했다. 일에 대해 말해주소서.

그가 대답했다.

그대는 대지 그리고 대지의 영과 함께하고자 일하네.

게으른 것은 사시사철 이방인이 되는 것이며, 영원을 향해 장엄하고 당당하게 순종하며 나아가는 삶의 행렬에서 벗어나는 것이니.

일을 할 때 그대는 피리라네. 시간을 속삭이는 마음은 피리를 거쳐 음악이 되지.

그대들 중 누가 갈대가 되려는가, 다른 모든 것이 입

맞추어 함께 노래할 때 멍하니 침묵하는 갈대가?

언제나 일은 저주요, 노동은 불운이라는 말을 듣지.
그러나 나는 말하노니, 일하는 것은 대지의 머나먼 꿈의 일부를 이루는 것. 그 꿈이 생겨날 때 그대에게 그 꿈이 주어졌네.
그러니 노동과 함께하는 것은 진정으로 삶을 사랑하는 것이지.
또 노동을 통해 삶을 사랑하는 것은 삶의 내밀한 비밀과 가까워지는 것이네.

그러나 그대가 일하는 것이 괴로워 태어남을 고통이라 부르고, 몸으로 살아가는 것을 이마에 적힌 저주라 부른다면, 나 대답하리. 이마에 맺힌 땀방울 외에는 그 무엇도 그 저주를 씻어내지 못할 거라고.

인생은 어둠이라는 말을 들어봤으리. 그리고 그대는 지쳤을 때 지친 자들이 한 말을 그대로 되풀이하네.
그리하여 내 말하노니 열망이 없는 인생은 어둠이고,
지식이 없는 열망은 맹목이며,

노동이 없는 지식은 헛된 것이고,

사랑이 없는 노동은 무의미한 것이네.

사랑의 마음으로 일할 때 그대는 자기 자신과, 그리고 이웃과, 또 신과 하나가 되네.

그러면 사랑의 마음으로 일한다는 것은 무엇인가?

그것은 마치 사랑하는 이를 입힐 것처럼 그대의 심장에서 뽑은 실로 옷을 짜는 것.

그것은 마치 사랑하는 이가 살 것처럼 정성스럽게 집을 짓는 것.

그것은 마치 사랑하는 이를 먹일 것처럼 온유하게 씨앗을 뿌리고 추수하는 것.

그것은 영혼의 숨결로 빚어낸 모든 것을 가득 채우는 것.

그리고 모든 복 받은 죽은 이들이 그대 옆에 서서 지켜본다는 것을 아는 것.

종종 그대가 잠꼬대하듯 이렇게 말하는 것을 들었네.

"대리석을 쪼아 그 돌에서 제 영혼의 모습을 찾는 이는 땅을 가는 이보다 고귀하다.

무지개를 붙들어 사람의 형상대로 천에 수를 놓는 이
는 우리가 신을 신발을 만드는 이보다 훌륭하다."

그러나 내 잠꼬대가 아닌 한낮의 맑은 정신으로 말하
노니, 바람은 풀밭의 한갓 가장 작은 풀에게나 아름드
리 참나무에게나 똑같이 달콤하게 속삭인다네.

또 바람의 목소리에 자신의 사랑을 더해 더 청아한
노래로 만든 자야말로 위대하다네.

일은 눈에 보이는 사랑.

만일 사랑으로 일할 수 없다면, 싫증만 내면서 일한
다면, 그 일을 내려놓고 성문에 앉아 즐거이 노동하는
이들의 적선을 구하는 편이 더 나으리.

시무룩하게 구운 빵은, 쓰디쓴 빵이 되어 허기를 절
반밖에 채우지 못할지니.

불평하면서 포도를 짜면, 그대의 불평이 포도주 속에
독을 증류할지니.

천사처럼 노래한다 해도 노래하기를 즐기지 않는다
면, 그대는 사람들의 귀를 멀게 하여 낮의 목소리와 밤
의 목소리를 듣지 못하게 만들지니.

기쁨과 슬픔에 대하여

◇

그때 한 여인이 말했다. 우리에게 기쁨과 슬픔에 대해 말해주소서.

그러자 그가 대답했다.

기쁨은 가면을 벗은 슬픔이라네.

웃음이 솟는 바로 그 우물은 자주 그대의 눈물로 채워지곤 했지.

하긴 어찌 그러지 않을 수 있으리?

슬픔이 존재 속을 깊이 파고들수록 그대는 더 많은 기쁨을 품을 수 있지.

술이 담긴 잔은 도공의 가마 속에서 구워진 바로 그

잔이 아닌가?

또 영혼을 달래주는 피리는 칼로 속을 파낸 그 나무가 아닌가?

기쁠 때는 마음 깊이 들여다보기를. 그러면 기쁨을 주는 것은 그대에게 슬픔을 주었던 그것임을 알게 될지니.

슬플 때는 다시 마음을 들여다보기를. 그러면 사실 눈물짓게 하는 일은 그대의 기쁨이었던 그 일임을 알게 될지니.

어떤 이들은 "기쁨이 슬픔보다 위대하다" 말하고 다른 이들은 "아니다, 슬픔이 기쁨보다 위대하다" 말하네.

하지만 내 말하노니 그 둘은 가를 수가 없다네.

기쁨과 슬픔은 함께 오나니, 하나가 그대와 함께 식탁에 앉으면 다른 하나는 침대에서 자고 있음을 기억하기를.

정녕 그대는 슬픔과 기쁨 사이에서 저울처럼 매달려 있다네.

그대는 텅 비어 있을 때만 가만히 멈추어 균형을 이루네.

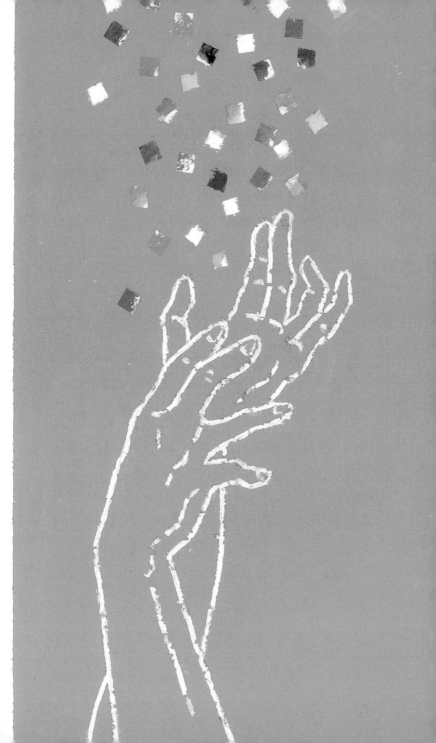

보물지기가 금과 은의 무게를 재려고 그대를 들어 올리면, 그대의 슬픔이나 기쁨은 반드시 올라가거나 내려 간다네.

집에 대하여

◇

그때 한 석공이 앞으로 나와 말했다. 우리에게 집에
대해 말해주소서.

그러자 그가 대답했다.

성벽 안에 집을 짓기 전에 그대의 상상으로 들판에
작은 집을 짓기를.

해 질 녘 그대가 집에 돌아가듯, 홀로 멀리 떠도는 그
대 안의 방랑자도 집에 돌아오리니.

집은 그대의 더 큰 몸이네.

그것은 햇빛 속에서 자라고, 밤의 적막 속에서 잠들
지. 또 꿈을 꾸지 않는 게 아니라네. 그대의 집은 꿈을

꾸지 않는가? 또 꿈꾸면서 성을 떠나 숲이나 언덕 꼭대기로 향하지 않는가?

그대들의 집을 내 손에 담아, 씨 뿌리는 사람처럼 숲과 초원에 뿌릴 수 있다면.

계곡이 그대들의 길이고 푸른 오솔길이 골목이 된다면, 그대들이 포도밭을 누비며 서로를 찾고 옷에 흙 내음을 묻히고 온다면.

하지만 이런 일은 아직 일어나지 않았네.

조상들은 두려움 때문에 그대들을 너무 가까이 모아놓았네. 그리고 그 두려움은 한동안 더 지속되리. 한동안 더 성벽이 그대들의 가정과 들판을 갈라놓으리.

그러니 오르팔레세 사람들이여, 말해보라. 그대들은 집에 무엇을 가지고 있는가? 또 문을 걸어 잠그고 지키는 게 무엇인가?

평화를 가졌는가, 힘을 드러내는 잔잔한 열망인 평화를?

추억을 가졌는가, 마음의 정상에 걸쳐진 빛나는 아치 그 추억을?

아름다움을 가졌는가, 마음을 나무와 돌로 빚어진 것으로부터 성스러운 산으로 이끄는 아름다움을?

말해보라. 그대들의 집에는 이런 것들이 있는가?

아니면 안락만, 또 안락을 향한 욕망만, 손님으로 집에 들어와 주인이 되고 지배자가 되는 그 은밀한 것만 있는가?

아, 안락은 조련사가 되어, 갈고리와 채찍으로 그대의 더 큰 욕망을 꼭두각시로 만든다네.

그 손은 비단결 같으나 그 심장은 쇳덩어리네.

그대를 잠재우고는 침대 옆에 서서 존엄한 육신을 능욕하지.

그것은 건전한 오감을 조롱하고, 깨지기 쉬운 그릇인 양 엉겅퀴 가시들 속에 버리네.

정녕 안락에의 욕망은 영혼의 열정을 죽이고는 씩 웃으면서 장례 행렬을 따라간다네.

하지만 쉬면서도 쉬지 못하는 그대들 하늘의 자녀들이여, 덫에 걸리지도 길들여지지도 말기를.

그대의 집이 닻이 아닌 돛이 되게 하기를.

상처를 가리는 번들거리는 막이 아닌, 눈을 지키는 눈꺼풀이 되게 하기를.

문을 지나가려고 날개를 접지 말며, 천장에 부딪히지 않으려고 고개를 숙이지 말며, 벽이 갈라져 무너질까 저어하여 숨 쉬기를 두려워 말기를.

죽은 자들이 산 자들을 위해 만든 무덤에서 살지 말기를.

아무리 휘황찬란해도 집에 비밀을 두지 말며 갈망을 숨겨두지 말기를.

내면의 무한한 것은 하늘이라는 큰 집에 거하며, 그 집의 문은 아침 안개일지니. 그 집의 창문은 밤의 노래와 침묵일지니.

옷에 대하여

◇

그러자 직공이 말했다. 옷에 대해 말해주소서.

그가 대답했다.

옷은 아름다움은 많이 가리지만 추함은 감춰주지 않네.

또 그대는 옷에서 개인의 자유를 추구하지만, 그것에서 굴레와 사슬을 찾게 된다네.

옷을 더 가볍게 입고 맨살로 햇살과 바람을 더 많이 만날 수 있다면 좋으련만.

생명의 숨결이 햇빛 속에 있고, 생명의 손길이 바람 속에 있으니.

어떤 이들은 "천을 짜서 우리가 옷을 입게 하는 것은 삭풍이지"라고 말하네.

나는 그렇다고, 삭풍이 그랬다고 말하리.

그러나 수치심이 삭풍의 베틀이요, 늘어진 힘줄이 삭풍의 실이었으니.

삭풍은 일을 마치고는 숲에서 웃음을 터뜨렸다네.

부끄러움은 불결한 자들의 눈가리개임을 잊지 말기를.

불결함이 없어지면, 부끄러움은 마음의 족쇄요 찌꺼기가 아니고 무엇일까?

흙은 맨발을 느끼면서 즐거워하며, 바람은 머리카락을 가지고 놀고 싶어 한다는 것을 잊지 말기를.

사고파는 것에 대하여

◇

상인이 말했다. 우리에게 사고파는 것에 대해 말해주소서.

그러자 그가 대답했다.

대지가 열매를 주니, 그대가 양손에 담는 법만 안다면 부족하지 않으리.

대지의 선물을 주고받는 데서 풍요와 만족을 알게 되리.

하지만 사랑과 너그러운 공평 속에서 주고받지 않으면, 누군가는 탐욕스럽게 되고 누군가는 허기지게 되리니.

바다와 들녘과 포도밭의 일꾼인 그대가 장터에서 직공과 도공과 향신료 장수를 만나면,

대지의 신에게, 거기 오셔서 저울과 물건의 가치를 정하는 계산을 거룩하게 해주시라 간구하기를.

빈손으로 거래에 끼어들어 말로 그대의 노동을 사려는 이들에 시달리지 말지니.

그런 자들에게 말하기를.

"우리와 들판으로 나가거나 우리 형제들과 바다로 나가 그물을 던지자.

땅과 바다가 우리와 똑같이 그대에게도 풍성하게 베풀리."

가수들과 무희들과 피리 부는 이들이 거기 온다면, 그들의 재능을 사기를.

그들 역시 열매와 유향을 수확하는 이들이니, 그들이 가져온 것은 꿈으로 빚어졌더라도 그대에게 옷과 음식이 되리.

장터를 떠나기 전에 빈손으로 돌아가는 이가 없는지 살피기를.

대지를 다스리는 영은 그대들 중 가장 작은 자의 욕
구가 채워진 후에야 바람결을 타고 평온하게 잠들 것이
므로.

죄와 벌에 대하여

◇

이번에는 성의 재판관이 앞으로 나오며 말했다. 우리에게 죄와 벌에 대해 말해주소서.

그러자 그는 대답했다.

홀로 방심하다가 남들에게 잘못을 저지르고, 그리하여 자신에게도 잘못을 저지르는 때는

바로 영혼이 바람결을 따라 방황할 때이니.

저지른 잘못 때문에 그대는 복 있는 자들의 집에서 문을 두드리고 무시당한 채 기다려야만 하리라.

그대의 신성神性은 바다와 같아서,

영원히 정결하게 남으리.

또 그것은 창공처럼 날개 가진 것들만 오르게 하네.

그대의 신성은 태양과도 같아서,

두더지의 길을 모르고 뱀의 구멍도 찾지 않네.

그러나 신성은 그대의 존재 속에 홀로 거하는 게 아니라네.

그대 안에는 여전히 인간인 것이 많으며, 또한 아직 인간이 아닌 것도 많다네.

다만 깨어남을 찾아서 잠든 채로 안개 속을 걸어 다니는 형체 없는 난쟁이가 있을 뿐.

이제 그대 안의 인간에 대해 말하려 하네.

죄와 죄의 벌을 아는 것은 그대의 신성도 아니요, 안개 속의 난쟁이도 아니므로.

그대들이 죄인을 두고 무리 중 한 사람이 아니라, 낯선 자요 그대들 세상의 침입자인 듯이 말하는 것을 자주 듣네.

하지만 내 말하노니, 성인들과 의인들도 그대들 각자 안에 깃든 가장 높은 것보다 높이 오를 수 없으며,

마찬가지로 악인들과 약자들도 그대들 각자 안에 깃

든 가장 낮은 것보다 아래로 떨어질 수 없나니.

나뭇잎 하나가 나무 전체의 묵인이 없다면 노랗게 물들지 않는 것처럼,

악행을 저지르는 자도 그대들 모두의 감춰진 의지가 없다면 잘못을 행할 수 없으리.

그대들은 신성을 향하여 행진하듯이 나란히 걷네.

그대들은 길이요 길손이니.

한 사람이 넘어진다면 그것은 뒤에 오는 이들 대신 넘어진 것이네. 돌부리가 있다고 경고하기 위하여.

아, 그는 앞에 간 이들 때문에 넘어진 것이네. 그들은 발놀림이 더 빠르고 당당했으나 돌부리를 치우지 않았으므로.

그대의 마음을 짓누르는 말이겠지만 또 이러하네.

살해당한 자는 살해당한 책임이 아주 없는 게 아니고,

강도당한 자는 강도당한 탓이 아주 없는 게 아니네.

의인도 악인이 하는 짓을 범하고,

무죄인 자도 흉악범의 행위를 완전히 떨치지 못하니.

그러하네, 죄는 종종 피해자들의 희생물.

죄인은 결백하고 무고한 이들 대신 짐을 지고 가는

이일 경우가 훨씬 많다네.

의로운 자와 불의한 자를, 선한 자와 악한 자를 가를 수 없네.

그들은 마치 검은 실과 흰 실이 엉키어 천으로 짜이듯이 태양의 얼굴 앞에 나란히 서 있으니.

검은 실이 끊어지면 직공은 천 전체를 살피고, 베틀도 조사하리.

누가 어느 부정한 아내를 심판하려 한다면,

그에게 그 남편의 마음도 저울로 달고 그의 영혼도 자로 재게 하기를.

죄인을 채찍질하려는 그에게 죄지은 자의 영혼도 살피게 하기를.

누군가 정의의 이름으로 벌을 주고 악한 나무를 도끼로 찍으려 하거든, 나무의 뿌리를 보게 하기를.

정녕 그는 선과 악, 결실이 있는 것과 결실이 없는 것의 뿌리들이, 고요한 대지의 심장 속에 한데 얽혀 있는 것을 알리니.

공정하고자 하는 그대 재판관들이여,

육신은 정직하나 정신은 도둑인 자에게 어떤 판결을 내릴 것인가?

육신은 살해자이나 정신은 죽임당한 이에게 어떤 벌을 내릴 것인가?

행위는 사기꾼이요 탄압하는 자이나

그 역시 괴롭힘을 당하고 짓밟힌 이라면 어떻게 벌할 것인가?

지은 죄보다 더 많이 뉘우치는 이들은 어떻게 벌줄 것인가?

뉘우침은 정의가 아닌가? 정의는 그대가 그리도 흔쾌히 섬기는 그 법이 다루는 것이거늘.

그러나 결백한 자들에게 뉘우침을 안길 수 없고, 죄지은 자들의 마음에서 뉘우침을 걷어낼 수도 없나니.

뉘우침은 사람들이 깨어 자신을 바라볼 수 있도록 청하지 않아도 밤에 찾아온다네.

정의를 알고자 하는 그대여, 환한 대낮에 모든 행위를 보지 않고서 어찌 정의를 이해하리?

그런 다음에야 선 자와 쓰러진 자가, 결국은 자기 안의 난쟁이인 밤과 신성인 낮 사이의 어스름 녘에 서 있는 한 사람임을 알고,

사원의 주춧돌이 맨 밑바닥에 놓인 돌보다 높지 않음을 알게 되리.

법에 대하여

◇

그때 법률가가 말했다. 하지만 우리의 법은 어떻습니까, 스승이여?

그러자 그가 대답했다.

그대들은 법을 만들면서 기뻐하나,

그것을 무너뜨리면서는 더욱 기뻐하나니.

바닷가에서 계속 모래성을 쌓다가 웃으면서 무너뜨리며 노는 아이들과 같다네.

그러나 그대들이 모래성을 쌓는 동안 바다는 더 많은 모래를 해안으로 가져오네. 그리고 그대들이 모래성을 부수면 바다는 그대들과 함께 웃네.

정녕 바다는 언제나 순수한 이들과 함께 웃나니.

하지만 삶이 바다 같지 않은 이들, 인간이 만든 법이 모래성이 아닌 이들에게는 뭐라 할까.

인생이 바위인 이들, 법이 자기와 닮은 모습을 새기는 끌일 뿐인 이들에게는?

춤추는 자들을 미워하는 불구자들에게는?

제가 진 멍에를 좋아라 하면서 숲속의 사슴과 노루를 떠돌이요 부랑자로 여기는 황소에게는?

제 허물을 벗지 못하면서 다른 모두를 벌거숭이요 부끄러움을 모른다 말하는 늙은 뱀에게는?

또 혼인 잔치에 일찌감치 와서 배부르게 먹고 지쳐 돌아가면서, 모든 잔치는 위법이요 모든 하객은 범법자라 말하는 이에게는?

그들 역시 햇빛 아래에 서 있으되 해를 등지고 서 있다는 말밖에 내가 그들에 대해 무슨 말을 하리?

그들은 자기 그림자만 볼 뿐이며, 그 그림자가 그들의 법이니.

그들에게 해는 그림자를 드리우게 하는 것이 아니고

무엇이리?

또 법을 지키는 것은 허리를 굽히고 땅에 드리워진 자기 그림자를 따라가는 것이 아니고 무엇일까?

그러나 해와 마주 보고 걷는 그대여, 땅에 진 어떤 상이 그대를 옭아맬 수 있을까?

바람결 따라 여행하는 그대여, 어떤 풍향계가 그대의 길을 가리킬까?

남의 감옥 문이 아닌 자기 멍에를 부순다면, 어느 인간의 법이 그대를 구속하리?

춤추되 인간의 쇠사슬에 걸려 비틀대지 않는다면 어느 법이 그대를 두렵게 하리?

또한 옷을 찢되 인간의 길에 버리지 않는다면, 누가 그대를 심판하리?

오르팔레세의 사람들이여, 그대들은 북소리를 잦아들게 하고 리라의 줄을 느슨하게 할 수 있네. 그러나 그 누구라서 종달새에게 노래하지 말라 명할까?

자유에 대하여

◇

한 웅변가가 말했다. 자유에 대해 말해주소서.

그러자 그가 대답했다.

그대들이 성문이나 집 난롯가에 엎드려 자신의 자유를 경배하는 모습을 보곤 하네.

폭군의 손에 죽을지라도 그 앞에서 몸을 낮추고 찬양하는 노예들과 같은 모습이지.

그렇다네, 사원의 숲에서 또 성의 그림자 속에서 나는 그대들 중 가장 자유로운 이들이 자유를 멍에와 수갑처럼 착용하고 있는 것을 보곤 했네.

그때 내 안의 심장에서는 피가 흘렀네. 자유를 추구

하는 욕망마저 재갈이 될 때, 또 자유를 목표와 성취라
고 말하는 것마저 그만둘 때, 그때야 비로소 자유로워
질 수 있으므로.

그대가 비로소 자유로워지는 것은 근심이 없는 낮이
나 결핍과 설움이 없는 밤이 아니라,

그것들이 삶을 옭아매지만 그대 알몸으로 속박당하
지 않은 채로 그 위에 우뚝 설 때이니.

깨달음의 새벽녘에 묶은 쇠사슬을 한낮에 부수지 않
으면, 어떻게 낮과 밤 너머로 우뚝 서리?

사실 자유라 이름하는 것은, 고리들이 빛을 받아 반
짝여 눈을 부시게 할지라도 그 사슬들 중 가장 강한 사
슬일지니.

또 그대가 자유로워지기 위해 버리려는 것은 자신의
조각들이 아니고 무엇이리?

그대가 폐지하려는 것이 불공정한 법이라 하더라도,
그대 손으로 그대 이마에 썼던 그 법이네.

법전을 불살라 버려도, 바닷물을 재판관들에게 퍼부
어 그들의 이마를 씻어내도 법을 지울 수는 없나니.

그대가 쫓아내려는 자가 폭군이라면, 먼저 그대 안에
세워진 그의 왕좌가 허물어졌는지 살피기를.

자신의 자유 안에 폭정이 없고, 자신의 자긍심 안에
부끄러움이 없다면 어떻게 폭군이 자유롭고 자긍심 있
는 이들을 통치할 수 있으리?

벗어버리고자 하는 게 근심이라면, 그 근심은 그대에
게 떠안겨진 것이 아니라 스스로 선택한 것일지니.

쫓아버리고자 하는 게 두려움이라면, 그 두려움의 자
리는 두려움을 주는 것의 손에 있는 것이 아니라 그대
의 가슴속에 있는 것이라.

정녕 바라는 것과 두려운 것, 못마땅한 것과 소중한
것, 추구하는 것과 피하고 싶은 것이 모두 그대의 존재
안에 늘 뒤엉켜 있나니.

이런 것들은 짝지어 달라붙은 빛과 그림자처럼 그대
안에서 움직이네.

그래서 그림자가 흐려져 자취를 감추면, 맴돌던 빛은
다른 빛의 그림자가 되나니.

그리하여 자유는 족쇄에서 풀려나면 더 큰 자유의 족
쇄가 될지라.

이성과 열정에 대하여

◇

여사제가 다시 입을 열어 말했다. 우리에게 이성과 열정에 대해 말해주소서.

그러자 그가 대답했다.

영혼은 종종 싸움터가 되어, 이성과 판단력이 열정과 욕구를 상대로 전쟁을 벌인다네.

내가 그대 영혼의 중재자가 되어 기질들 간의 불화와 경쟁을 화합으로, 선율로 변하게 할 수 있다면 좋으련만.

그러나 내가 어찌 그렇게 하리? 그대 스스로 중재자, 아니 모든 기질을 사랑하는 이가 되지 않는다면.

이성과 열정은 그대, 바닷사람 영혼의 키요 돛인지라.

돛과 키 가운데 하나라도 부러지면, 그대는 흔들리고 표류하거나 바다 한가운데에 멈추어 있을 수밖에 없네.

이성은 혼자 위세를 떨칠 때 제한하는 힘이요, 열정은 보살피지 않으면 불타서 파멸을 자초하는 불꽃이므로.

따라서 영혼이 이성을 열정의 높이까지 들어 올려 노래하게 하기를.

또 이성이 열정을 이끌게 하여, 열정이 매일의 부활을 통해 살게 하기를. 불사조처럼 자신의 재 위로 솟아 오르게 하기를.

나는 판단력과 욕구를 집에 찾아온 귀한 두 손님으로 보고 싶네.

분명 그대는 어느 한 손님을 더 받들지 않으리. 한 사람을 편애하면 두 사람 모두의 사랑과 신뢰를 잃게 되므로.

언덕들 사이 사시나무의 시원한 그늘에 앉아, 멀리 들녘과 초원의 평화와 정적을 나눌 때, 마음이 고요 속에서 말하게 하라. "신은 이성 안에서 쉬신다"라고.

또 폭풍우가 몰려오고, 강풍이 숲을 뒤흔들고, 천둥

번개가 하늘의 위용을 과시할 때, 마음이 경외 속에서 말하게 하라. "신은 열정 속에서 움직이신다"라고.

그대는 신의 세상에서 하나의 숨결, 신의 숲에서 하나의 잎사귀이므로 그대 역시 이성 안에서 쉬고 열정 속에서 움직이네.

아픔에 대하여

◇

한 여인이 소리 높여 말했다. 우리에게 아픔에 대해 말해주소서.

그러자 그가 말했다.

아픔은 깨달음이 담긴 껍질이 깨지는 것이니.

과실의 심장이 햇살 속에서 서 있으려면 그 씨가 깨져야 하듯이, 그대는 아픔을 알아야만 하리.

인생의 일상적인 기적들을 가슴에 경이로 담을 수 있다면, 아픔은 기쁨이요 경이이리.

또 늘 들판 위를 스치는 계절들을 받아들이는 것처럼 가슴의 계절들을 받아들이게 되리.

그리고 평온하게 슬픔의 겨울을 지켜보게 될지니.

많은 아픔은 스스로 택한 것이니.

그것은 그대 안의 의사가 병든 자아를 치유하는 쓴
약인 것을.

그러니 의사를 믿고 그가 주는 약을 고요하고 평온하
게 마시기를.

비록 그의 손은 투박하고 거치나, 보이지 않는 이의
다정한 손길로부터 안내를 받고 있나니.

그가 주는 잔은 입술을 태울지라도 도공이 신성한 눈
물로 적신 흙덩이로 빚었나니.

자신을 아는 것에 대하여

◇

한 남자가 말했다. 우리에게 자신을 아는 것에 대해
말해주소서.

그러자 그는 대답했다.

마음은 침묵 가운데 낮과 밤의 비밀을 아나니.

그러나 그대의 귀는 마음이 아는 것을 들으려고 애태
우네.

그대는 늘 생각으로 알던 것을 말로 알고 싶어 하네.

꿈의 알몸을 손으로 만지고 싶어 하네.

또 이것도 좋으리.

영혼의 숨겨진 샘이 솟아서 바다로 졸졸 흘러들어야 하리.

그러면 무한한 심연의 보물이 그대 눈에 드러나리.

그러나 미지의 보물은 어떤 저울로도 무게를 달지 말기를.

그리고 아는 것의 깊이를 막대자나 줄자로 재지 말기를.

자아는 무한하고 측량할 수 없는 바다일지니.

"내가 진실을 찾아냈다"라고 말하지 말고 "내가 진실 한 가지를 찾아냈다"라고 말하기를.

"내가 영혼의 길을 찾아냈다"라고 말하지 말고 "내 길 위를 걷는 영혼을 만났다"라고 말하기를.

왜냐하면 영혼은 모든 길 위를 걷기에.

영혼은 하나의 길 위를 걷지 않고, 갈대처럼 자라지도 않네.

영혼은 겹겹의 꽃잎을 벌리는 연꽃처럼 스스로 열리네.

가르침에 대하여

◇

그러자 교사가 말했다. 우리에게 가르침에 대해 말해 주소서.

그가 말했다.

새벽녘에 이미 반쯤 잠들어 있는 지식의 존재를 일깨우는 것 외에는 아무도 그대에게 무엇인가를 해줄 수가 없네.

제자들에 에워싸여 사원의 그림자 속을 거니는 스승은 지혜가 아닌 신념과 사랑을 주는 이.

진정 현명한 스승이라면 그의 지혜의 집에 들어오라 명하지 않고, 그대를 자신의 마음의 문턱으로 이끌리니.

천문학자는 우주에 대해 아는 것을 말해줄 수 있지만, 그가 깨달은 것은 줄 수 없네.

음악가는 전 우주에 있는 리듬을 노래해 줄 수 있지만, 리듬을 알아내는 귀도, 리듬을 울리는 목소리도 줄 수 없네.

수학에 정통한 이는 도량형에 대해 말해줄 수 있지만 그쪽으로 인도할 수는 없네.

왜냐하면 사람의 통찰력은 그 날개를 다른 이에게 빌려주지 않으므로.

신이 그대들을 각자 따로따로 알듯이, 그대들도 각자 따로따로 신을 알고 대지를 이해해야 하리.

우정에 대하여

◇

한 청년이 말했다. 우리에게 우정에 대해 말해주소서.
그러자 그가 대답했다.
친구는 소망에 대한 응답일지니.
친구는 그대가 사랑으로 씨 뿌리고 감사로 추수하는
들판이라.
또한 친구는 식탁이요 난롯가이니.
그대는 주린 배를 안고 그에게 가서 평온을 구하네.

친구가 마음을 말하면 그대 마음속으로 "아니"라고
말하기를 두려워 말며, "맞아"라고 말하기를 주저하지

말기를.

그가 침묵할 때 그대의 마음은 그의 마음에 귀 기울이기를 멈추지 말기를.

우정에서는 모든 생각, 모든 갈망, 모든 기대가 찬사받지 못해도 말없이 기쁨으로 태어나고 나뉘나니.

친구와 헤어질 때 아쉬워 말기를.

그대가 가장 사랑하는 그의 면모는, 등반가에게 산이 벌판에서 더 분명하게 보이듯이 그가 없을 때 훨씬 또렷해질 테니.

우정에서 영혼이 깊어지는 것 외에 다른 목적을 두지 말기를.

자신의 신비를 드러내는 것 외에 다른 것을 구하는 사랑은 사랑이 아니요, 그물 던지기와 같으니 무익한 것만 걸리리라.

그리고 친구를 위해 가장 좋은 모습을 갖추기를.

그가 그대의 썰물 때를 알아야 한다면, 밀물 때 역시 알려주기를.

그대가 그와 시간을 죽이려고 한다면 그게 무슨 친구일까?

언제나 그와 시간을 살리려고 하기를.

그대의 공허가 아닌 바람을 채우는 것이 그의 바람을 채우는 일이기에.

하여 달콤한 우정 안에 웃음과 기쁨의 나눔이 있게 하기를.

작은 것들의 이슬 속에서 마음은 그 아침을 찾고 싱그러워지나니.

대화에 대하여

◇

그때 학자가 말했다. 대화에 대해 말해주소서.

그러자 그가 대답했다.

그대는 자기 생각이 평안하지 않을 때 말한다네.

고적한 마음속에 더 이상 머무르지 못할 때 입술 안에 살며, 그럴 때 목소리는 기분을 전환해 주고 오락거리가 되니.

많은 말 속에서 생각은 죽임을 당하다시피 하지.

생각은 하늘의 새, 그것은 언어의 새장 속에서 날개를 펼치지만 날 수가 없네.

그대들 중에는 혼자 있는 두려움 때문에 말을 많이 하는 이들이 있네.

그들의 눈에 고독한 침묵은 벌거벗은 자아여서 그들은 달아나려 하지.

지식이나 깊은 생각 없이 말하다가 자기도 모르는 진실을 드러내는 이들도 있네.

내면에 진실을 가졌으나 그것을 언어로 말하지 않는 이들도 있지.

이런 이들의 가슴 안에서는 영혼이 너울대는 침묵 안에 거하리니.

길가나 장터에서 친구를 만나거든, 그대 안의 영혼이 입술을 달싹이고 혀를 움직이게 하기를.

목소리 안의 목소리가 그의 귓속의 귀에게 말하게 하기를.

그의 영혼은 포도주의 맛을 기억하듯 그대 마음의 진실을 간직할 것이니.

포도주의 색깔이 잊히고 잔 또한 없어진 후일지라도.

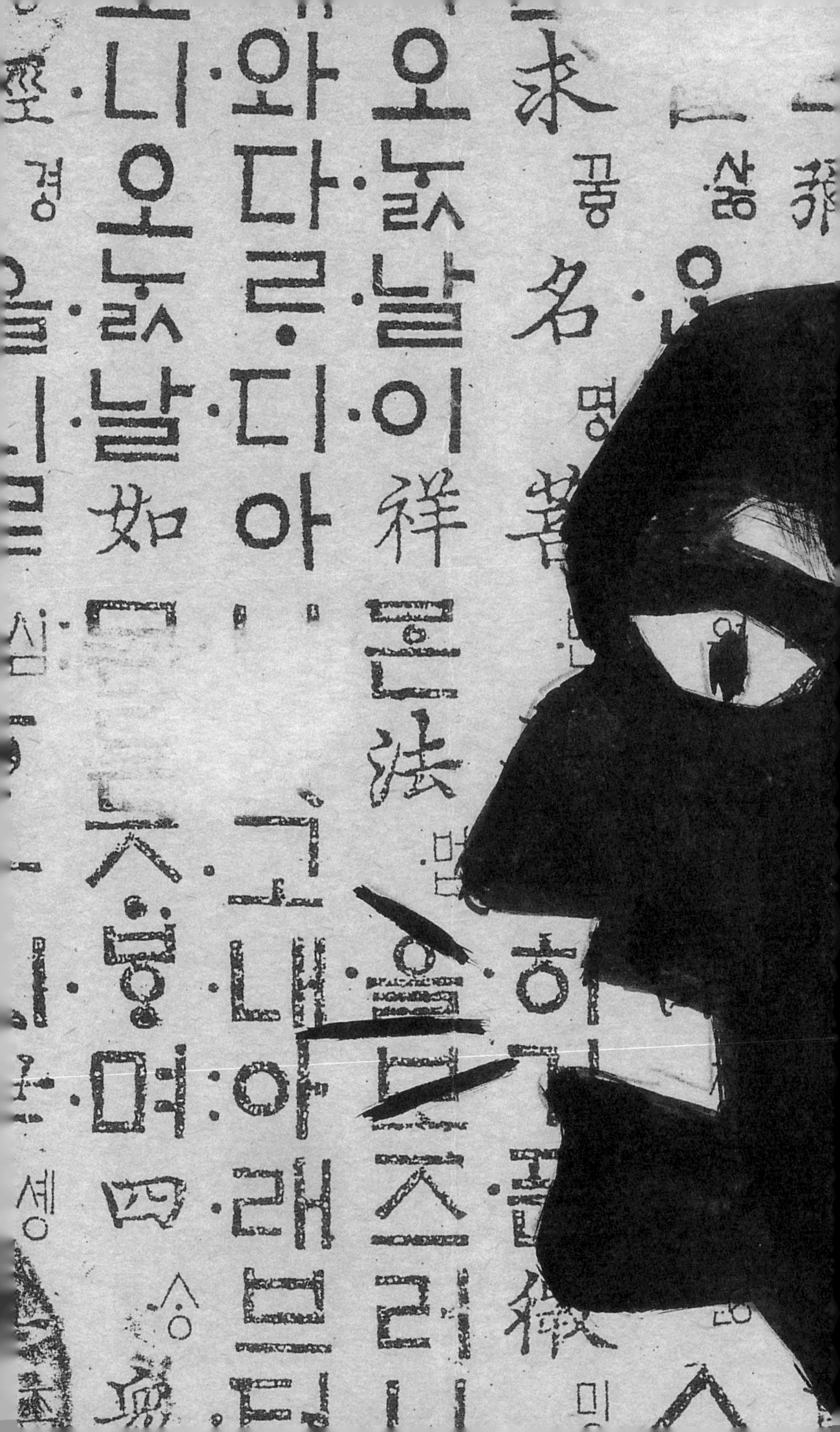

시간에 대하여

◇

그러자 천문학자가 말했다. 스승이여, 시간은 어떠합니까?

그가 대답했다.

그대는 무한하며 측량할 길 없는 시간을 재고자 하네.

시간과 계절에 따라서 처신하고 심지어 영혼의 길이 나아갈 방향까지 잡으려고 하네.

시간을 강물로 여겨 강독에 앉아서 물의 흐름을 지켜 보려고 하네.

그러나 내면의 무한성은 삶의 무한성을 인식하며,

어제는 오늘의 추억이며 내일은 오늘의 꿈일 뿐이라는 것을 알지.

또 그대 안에서 노래하고 침잠하는 것은 처음 별들을 우주에 뿌린 순간의 테두리 안에 여전히 살고 있는 것을 아네.

사랑의 힘이 무한하다고 느끼지 않을 이가 있을까?

또 무한하지만 존재의 핵심 안에 둘러싸여 사랑의 생각에서 사랑의 생각으로 움직이지도, 사랑의 행위에서 사랑의 행위로 움직이지도 않으나, 그 사랑을 느끼지 않을 이가 있을까?

그리고 그 누가 시간은 사랑과 똑같아서 나뉘지도 않고 한계도 없다고 느끼지 않으리?

하지만 생각 안에서 굳이 시간을 계절에 따라 나누어야 한다면, 각각의 계절이 나머지 계절들을 모두 에워싸게 하기를.

그리고 오늘이 추억으로 과거를, 갈망으로 미래를 얼싸안게 하기를.

선과 악에 대하여

◇

성에 사는 노인 한 사람이 말했다. 우리에게 선과 악에 대해 말해주소서.

그러자 그가 대답했다.

그대 안의 선에 대해서는 내가 말할 수 있으나 악에 대해서는 말할 수 없나니.

악이란 제 허기와 갈증에 시달리는 선이 아니고 무엇이리?

정녕 선이 허기지면 어두운 동굴에서도 먹을 것을 찾고, 갈증이 나면 썩은 물도 들이켜는 법.

자신과 하나로 어우러질 때 그대는 선하네.

그러나 자신과 하나로 어우러지지 않을 때라도 악하지 않네.

분열된 집은 도둑의 소굴이 아니라 그저 분열된 집일 뿐이므로.

또 키 없는 배는 위험한 섬들 사이에서 정처 없이 헤맬지라도 바닥에 가라앉지는 않으니.

자신을 내어주려 애쓸 때 그대는 선하네.

그러나 자신을 위해 얻으려고 버둥댈 때라도 악하지 않네.

얻으려고 버둥댈 때 그대는 대지에 달라붙어 젖을 빠는 뿌리에 불과하므로.

실로 열매가 뿌리에게 "나처럼 되어라. 탐스럽게 익어서 네 풍요를 나눠주어라"라고 말할 수는 없네.

뿌리에게는 받는 것이 욕망이듯, 과실에게는 주는 것이 욕망이므로.

온전히 깨어서 말할 때 그대는 선하네.

그러나 잠든 사이에 혀가 목적 없이 비틀댄다고 해도 악하지 않네.

더듬대는 말조차도 연약한 혀를 튼튼하게 해주리.

목표를 향해 단호하게, 담대한 걸음으로 걸을 때 그
대는 선하네.

그러나 그쪽으로 절룩이며 간다 해도 악하지 않네.

절룩이는 이들도 뒤로 걷지는 않거늘.

하지만 튼튼하고 날렵한 그대여, 절룩이는 이 앞에서
친절이라 여기고 절룩이지 않도록 조심하기를.

그대는 무수한 면에서 선하며, 선하지 않을 때도 악
한 것은 아니네.

그저 빈둥거리면서 나태할 뿐.

수사슴이 거북이에게 민첩함을 가르칠 수 없는 것이
안타까울 따름.

위대한 자아를 갈망하는 데 선함이 깃드네. 그 갈망
은 모두에게 있다네.

그러나 어떤 이들에게는 그 갈망이, 산비탈의 비밀과
숲의 노래를 간직하고 힘차게 바다로 흘러가는 급류.

또 다른 이들에게 그 갈망은 해안에 닿기 전에 굽이

굽이에서 힘을 잃고 머뭇거리는 여린 물줄기.

하지만 갈망이 큰 이가 갈망하지 않는 이에게 "어찌하여 꾸물거리고 멈칫대는가?"라고 묻지 말기를.

진정으로 선한 이는 벌거벗은 이에게 "네 옷은 어디 있느냐?"라고 묻지 않으며, 집 잃은 이에게 "네 집에 무슨 일이 있느냐?"라고 묻지 않나니.

기도에 대하여

◇

그때 여사제가 말했다. 우리에게 기도에 대해 말해주소서.

그러자 그가 대답했다.

그대는 낙담과 욕망 속에서 기도하네. 원컨대 충만한 기쁨과 풍요로운 나날에도 기도하기를.

기도란 자신을 살아 있는 하늘로 넓히는 것이 아닌가?

또 어둠을 우주에 쏟아붓는 것이 안락을 위해서라면, 마음의 새벽을 쏟아내는 것은 기쁨을 위해서라네.

영혼이 기도하라 부를 때 울지 않을 수 없다면, 영혼

은 그대가 울고 있더라도 그대를 거듭하여 격려하리. 그대가 웃음을 터뜨릴 때까지.

기도할 때는 날아올라 바로 그 시간 기도하는 이들을 하늘에서 만나네. 기도 속에서가 아니면 만나지 못할 이들을.

그러니 오로지 황홀경과 흐뭇한 교감을 위해 그 보이지 않는 사원을 찾기를.

오직 구하기 위해서만 사원에 들어간다면 받지 못할 것이기에.

자신을 낮추기 위해 거기 들어간다면 높아지지 않을 것이기에.

심지어 타인의 행복을 간구하고자 거기 들어간다 해도 말대로 되지 않을 것이기에.

그대가 보이지 않는 사원에 들어가는 것으로 족할지니.

나는 말로 기도하는 법을 가르쳐줄 수 없네.

그대의 입술을 통해 말씀하실 때를 제외하면 신은 그대의 말을 듣지 않으시네.

또 나는 바다와 숲과 산의 기도를 가르쳐주지 못하네.

하지만 산과 숲과 바다에서 태어난 그대는 마음속에

서 그 기도를 찾아낼 수 있지.

그래서 밤의 정적 속에서 귀만 기울이면, 고요한 가운데 그것들이 기도하는 소리를 듣게 되네.

"우리의 날개 달린 자아인 우리의 신이여, 우리 안에서 의지를 갖는 것은 당신의 의지입니다.

우리 안의 갈망은 당신의 갈망입니다.

우리 안에서 당신 것인 우리의 밤을 역시 당신 것인 낮으로 바꾸는 것은 우리 안에 있는 당신의 충동입니다.

우리는 당신께 아무것도 구할 수 없습니다. 우리 안에 간구가 생기기도 전에 당신께서 아시기 때문입니다.

당신은 우리의 간구이시며, 우리에게 당신을 더 많이 내어주심으로 우리에게 모두 주십니다."

쾌락에 대하여

◇

그때 일 년에 한 차례 성에 찾아오는 은자隱者가 앞으로 나와 말했다. 우리에게 쾌락에 대해 말해주십시오.

그러자 그가 대답했다.

쾌락은 자유의 노래,

그러나 그것이 자유는 아니지.

쾌락은 욕망이 피운 꽃,

하지만 열매는 아니네.

그것은 정상을 향해 소리치는 심연,

그러나 그 심연은 낮은 것도 높은 것도 아니라네.

그것은 새장에 갇혀 날개를 펴는 것,

91

그러나 막힌 공간은 아니네.

그렇네, 진실로 쾌락은 자유의 노래.

그래서 나는 기꺼이 그대가 충만한 마음으로 그 노래를 부르게 하고 싶네. 그러나 노래하느라 마음을 잃는 것은 바라지 않네.

어떤 젊은이들은 그것만이 전부인 듯이 쾌락을 추구하여 사람들로부터 질책받고 비난당하네.

나는 그들을 질책하거나 비난하지 않으려네. 그들이 쾌락을 추구하게 놔두려네.

그들은 쾌락을 구하되 그것만 얻지는 않을 것이므로.

쾌락에는 일곱 자매가 있으며, 그들 중 가장 어린 것도 쾌락보다는 아름답나니.

땅에서 뿌리를 파내다가 보물을 발견한 사람의 이야기를 들어보지 못했는가?

어떤 노인들은 쾌락을 술에 취해 저지른 나쁜 행동처럼 후회로 추억하네.

그러나 후회는 마음을 흐리게 할 뿐 벌은 아니지.

쾌락을 고맙게 추억해야 하네. 여름걷이를 고마워하듯.

그러나 후회가 그들의 마음을 편안하게 한다면, 그들이 편안을 얻게 두기를.

또 쾌락을 추구할 만큼 젊지도, 쾌락을 추억할 만큼 늙지도 않은 이들이 있네.

그들은 쾌락을 추구하거나 기억하게 될까 염려해 영혼을 방치하거나 해치지 않으려고 모든 쾌락을 피하나니.

하지만 포기하는 데도 쾌락은 있나니.

그러니 그들 역시 떨리는 손으로 뿌리를 찾으려 흙을 파지만 보물을 발견하거늘.

그러나 그 누가 영혼을 해칠 수 있을까?

꾀꼬리가 밤의 적막을 거스를까? 반딧불이가 별무리를 가릴까?

그대의 불꽃이나 연기가 바람에게 짐이 되려나?

영혼을 그대가 막대기로 휘저을 수 있는 잔잔한 웅덩이라고 생각하는지?

때로 쾌락을 부정하면 오히려 존재의 후미진 곳에 욕망이 쌓이기만 하네.

오늘 지워진 줄 알았던 것이 내일을 기다리는지 누가

알까?

육체조차 자신이 물려받은 것과 합당한 욕구를 알고 속지 않으리니.

육체는 영혼의 하프.

감미로운 선율도, 불협화음도 거기서 나오나니.

이제 그대는 마음에게 묻네. "쾌락에서 어떤 것이 좋고 어떤 것이 나쁜지 어떻게 구분할까?"

들판과 정원으로 나가, 꽃의 꿀을 따는 것이 벌의 쾌락임을 배우기를.

그러나 꿀을 벌에게 주는 것 또한 꽃의 쾌락일지니.

벌에게 꽃은 생명의 토대요,

꽃에게 벌은 사랑의 전령傳令이기 때문이라.

벌과 꽃, 그들에게 쾌락을 주고받는 것은 욕망이며 환희일지니.

오르팔레세의 사람들이여, 꽃과 벌처럼 쾌락 안에 거하기를.

아름다움에 대하여

◇

시인이 말했다. 아름다움에 대해 말해주소서.

그러자 그가 대답했다.

아름다움 스스로 길에 나와 길잡이가 되어주지 않으면, 어디서 어떻게 그것을 찾을 것인가?

또 아름다움이 말을 엮어주지 않으면 어떻게 그것에 대해 말할 것인가?

고통당하고 상처받은 이들은 말하네.

"아름다움은 친절하고 상냥해. 자신이 누리는 영광을 수줍어하는 젊은 어머니처럼 우리 사이에서 걷지."

2003 0905 ~ 0918

1

열정적인 이들은 말하네.

"아니, 아름다움은 강력하고 무서운 거야. 폭풍우처럼 발밑의 대지와 머리 위 하늘을 흔들지."

지치고 피곤한 이들은 말하네.

"아름다움은 나직한 속삭임이야. 그것은 영혼에 대고 말하지. 그것의 목소리는 그림자가 두려워 떠는 여린 빛처럼 침묵에 따르지."

그러나 안식하지 못하는 이들은 말하네.

"우리는 산중에서 그것의 고함을 들어봤지. 그 외침과 함께 말발굽 소리와 날개 치는 소리와 사자들의 포효가 들렸지."

밤이 되면 성의 파수꾼들은 말하네.

"아름다움은 동녘에서 동이 트면서 떠오를 거야."

또 한낮이 되면 일꾼들과 나그네들은 말하네.

"석양의 창에서 대지 위로 몸을 굽힌 아름다움을 본 적이 있지."

겨울에 눈에 갇힌 이들은 말하네.

"아름다움은 봄과 함께 와서 언덕에서 뛰놀지."

여름 뙤약볕 속에서 농사짓는 이들은 말하네.

"그것이 가을 나뭇잎들과 춤추는 것을 보았지. 또 그것의 머리에 내린 눈을 보았네."

그대들은 아름다움에 대해 이런 말을 했네.

그러나 실은 아름다움이 아닌 충족되지 않은 욕망에 대한 말이거늘.

아름다움은 욕망이 아닌 황홀.

그것은 갈증 나는 입이 아니요 내민 빈손이 아니라,

타오르는 심장이요 마법에 걸린 영혼.

그대들이 볼 상像이 아니고 들을 노래가 아니라,

그대들이 감은 눈으로 보는 상이요 닫은 귀로 듣는 노래.

그것은 쭈글쭈글한 나무껍질 속의 수액이 아니요 새 발톱에 붙은 날개가 아니라,

영원토록 꽃 피는 정원이요 영원토록 날아다니는 천사들 무리.

오르팔레세의 사람들이여, 아름다움은 생명이 성스러운 얼굴의 베일을 벗길 때의 생명이네.

그러나 그대가 생명이며 베일.

아름다움은 거울 속의 자기를 바라보는 영원이네.

그러나 그대가 영원이며 거울.

종교에 대하여

◇

늙은 사제가 말했다. 종교에 대해 말해주소서.

그러자 그가 말했다.

내가 오늘 말한 것이 다 종교에 대해서가 아닌가?

모든 행위와 모든 묵상이 종교가 아닌가?

또 행위도 아니요 묵상도 아닌, 손으로 돌을 다듬거
나 베를 짜는 동안 영혼에서 솟아나는 경탄과 놀라움이
종교가 아닌가?

누가 신앙과 행위를, 신념과 직업을 떼어놓을 수 있
으리?

누가 앞에 시간을 펼치고 "이것은 신의 몫, 이것은 내

몫, 이것은 내 영혼의 몫, 이 나머지는 내 육신의 몫"이
라 말할 수 있으리?

모든 시간은 자신에서 자신으로 허공을 나는 날개일
지니.

가장 좋은 옷으로 도덕을 입은 자는 벗는 것이 더 나
으리.

바람과 태양은 살갗에 구멍을 내지 않으니.

또 윤리에 얽매여 처신하는 자는 노래하는 새를 새장
에 가두는 것이니.

가장 자유로운 노래는 창살 틈으로 나오지 않네.

열렸다 닫히는 창처럼 예배하는 이는, 새벽에서 새벽
까지 창이 열린 제 영혼의 집을 아직 찾아가지 못했네.

일상이 그대의 사원이요, 그대의 종교.

거기 들어갈 때는 늘 그대의 전부를 가지고 가기를.

쟁기든 풀무든 망치든 피리든,

필요하거나 즐기기 위해 마련한 것들을.

그대는 몽상 속에서 성취한 것보다 높이 솟을 수 없
고 실패한 것보다 낮게 떨어질 수 없으니.

또한 사람들 모두를 데려가기를.

경배 속에서 그대는 그들의 소망보다 높이 날 수 없고 그들의 절망보다 낮아질 수 없으니.

신을 알고자 한다면, 그 때문에 수수께끼를 푸는 자가 되지 말기를.

주위를 둘러보면 그대의 자녀들과 놀고 계시는 신을 보게 될지니.

허공을 보면, 구름 속을 걸으며 번개 속에서 팔을 뻗고 빗속에서 내려오시는 신을 볼지니.

꽃 속에서 미소 짓고는 떠올라 나무들 틈에서 손 흔드시는 신을 보게 되리.

늙은 사제가 말했다, 우리에게 종교에 대해 말해 주소서, 그러자 그가 말했다, 내가 오늘 말한 것이 다 종교에 대해서가 아닌가? 모든 행위와 모든 묵상이 종교가 아닌가? 또 행위도 아니요 묵상도 아닌, 손으로 돌을 다듬거나 베를 짜는 동안 영혼에서 솟아나는 경탄 과 놀라움이 종교가 아닌가? 누가 신앙과 행위를, 신념과 작업을 떼어놓을 수 있으리? 누가 앞에 시간을 펼치고 "이것은 신이 + 몫" 이라 말할 수 있으리? 모든 시간은 자신 에서 자신으로 휘끄을을 나는 날개 일지니, 가장 좋은 옷으로 도덕을 입는 자는 벗는 것이 더 나으리, 바람과 태양은 살갗에 구멍을 내지 않으니, 또 윤리에 얽매여 처신하는 자는 노래하는 새를 새장에 가 두는 것이니, 가장 자유로운 노래는 창살 틈으로 나오지 않네, 열렸다 닫힘는 창처럼 예배하는 이는, 새벽에서 새벽까지 창이 열린 영혼의 집들 아직 찾아가지 못했네, 일상이 그대 들의 사원이요, 그대들의 종교, 거기 들어갈때는 늘 그대들의 전부를 가지고 가기를, 쟁기든 풀무든 망치든 피리든, 필요하거나 즐기기 위해 만들언 것들을, 그대들은 묵상 속 성취한 것보다 높이 솟을 수 없고 실패한 것보다 낮게 떨어질 수 있으니, 또한 사람들 모두를 데려가기를, 경배 속에서 그대들은 그들의 소망보다 높이 날을 수 없고, 그들의 절망 보다 낮아질 수 없으니, 신을 알고자 한다면, 그 때문에 수수께끼를 푸는 자가 되기를 알기를, 주위를 둘러 보면 그대들의 자녀들과 놀고 계신 신을 보게 될지니, 하늘을 보면, 구름 속 을 걸으며 번개 속에서 팔을 뻗고 빗속에 서 내려오시는 신을 보게 되리라. 꽃속에서 미소짓고는 떠올라 나무들 틈에서 손 흔드시 는 신을 보게 되리라.

103

죽음에 대하여

◇

그때 알미트라가 말했다. 이제 우리는 죽음에 대해
여쭈고 싶습니다.

그러자 그가 말했다.

그대는 죽음의 비밀을 알고 싶어 하네.

그러나 삶의 한가운데서 찾지 않는다면 어떻게 죽음
을 찾을 것인가?

야행성의 눈을 가져서 낮에는 보지 못하는 올빼미는
빛의 신비를 벗길 수 없네.

진정 죽음의 정신을 보고자 한다면, 삶의 몸을 향해
마음을 활짝 열기를.

강과 바다가 하나이듯 삶과 죽음은 하나일지니.

소망과 욕망의 심연에 저세상에 대한 말 없는 지식이 깔려 있나니,

눈 밑에서 꿈꾸는 씨앗처럼 그대 마음은 봄을 꿈꾸네.

꿈을 믿기를. 그 안에 영원으로 가는 문이 감추어져 있으니.

죽음에 대한 두려움은, 경의를 표하는 왕의 손길을 받는 목동의 떨림 같을지니.

왕의 손길을 입으니 목동은 떨리면서도 기쁘지 않겠는가?

그래도 그는 자기가 떠는 것이 더 마음 쓰이지 않겠는가?

죽는다는 것은 바람 속에 벌거벗고 서 있다가 태양 속으로 녹아드는 것이 아니고 무엇일까?

또 호흡을 멈춘다는 것은 그치지 않는 물살로부터 해방되어 솟아오르고 뻗쳐서 어떤 방해도 없이 신을 찾는 것이 아니고 무엇일까?

침묵의 강에서 물을 마셔야 비로소 그대 노래하리.

산꼭대기에 닿아야 비로소 그대 오르기 시작하리.

이승이 그대의 팔다리를 차지해야 비로소 그대 진정
춤추리.

작별

◇

이제 저녁이 되었다.

예언녀 알미트라가 말했다. 이날과 이곳과 말씀하신 이의 영혼이여, 축복받으소서.

그러자 그가 대답했다. 말한 이가 나였던가?

또한 나는 듣는 이가 아니었던가?

그가 사원의 계단을 내려갔고, 사람들이 뒤따랐다. 그는 배에 다다르자 갑판 위에 섰다.

그리고 다시 사람들을 마주 보고 목청 높여 말했다.

오르팔레세 사람들이여, 바람은 내게 그대들과 헤어

지라 명하네.

나는 바람보다 급하지 않으나 가야 하네.

더 고독한 길을 찾는 우리 방랑자들은 하루를 마친 곳에서 다른 하루를 시작하지 않네. 또 우리는 해가 질 때 있었던 곳에 해가 뜰 때까지 머물지 않네.

대지가 잠든 사이 우리는 길을 떠나네.

우리는 죽지 않는 식물의 씨앗이며, 심장이 무르익어 풍성할 때 바람결에 실려 흩어지지.

내가 그대들 속에 머무른 나날은 짧았고, 내가 한 말은 더 짧았네.

그러나 그대들의 귀에서 내 목소리가 이지러지고 그대들의 기억에서 내 사랑이 사라지면 내가 다시 오리니,

더욱 풍요로운 마음과 더욱 영혼에 순종하는 입술로 말하리.

그렇네, 내 물결을 타고 돌아오리니,

죽음이 나를 감추고 더 큰 침묵이 나를 휘감을지라도, 나 다시 그대들의 깨달음을 도모하리.

또 나의 도모는 헛되지 않으리.

나의 어떤 말이 진실이라면 그 진실은 더 맑은 소리

로, 그대들의 생각에 더욱 가까운 말로 모습을 드러낼지니.

나 바람결을 타고 가나 공허 속으로 떨어지는 것은 아니라네, 오르팔레세 사람들이여.

이날이 그대들의 요구와 내 사랑을 채우지 못한다면 다른 날을 기약하기를.

인간의 요구는 변하나 사랑도, 사랑이 요구를 만족시키기를 바라는 갈망도 변하지 않네.

그러하니 더 큰 침묵으로부터 나 돌아오리라는 것을 알기를.

들에 이슬만 남기고 흩어지는 새벽의 안개가 일어나 모여서 구름이 되어 비로 내려오리니.

나는 안개와 다르지 않았네.

적막한 밤 나는 그대들의 거리를 거닐었고 내 영혼은 그대들의 집에 들어갔네.

그대들의 심장 박동이 내 심장에 있었고, 그대들의 숨결이 내 얼굴에 닿았네. 나는 그대들 모두를 알았지.

그렇다네, 나는 그대들의 기쁨과 고통을 알았고, 그대들 잠 속의 꿈은 내 꿈이었네.

산속의 호수처럼 나는 자주 그대들 속에 있었네.

나는 그대들 안의 산봉우리들과 굽이도는 비탈길, 지나가는 생각과 갈망의 덩어리까지도 비추었네.

그리고 나의 침묵에 아이들의 웃음이 시냇물이 되어 왔고, 청년들의 갈망이 강이 되어 왔나니.

그들이 내 심연에 닿았을 때 시냇물과 강물은 노래하기를 그치지 않았네.

그러나 웃음보다 달콤하고 갈망보다 큰 것이 내게 왔다네.

그것은 그대들 안의 무한함이었네.

그 거대한 사람 안에서 그대들은 세포와 힘줄에 불과하거늘.

그의 주문에서 그대들의 노래는 소리 없는 박동에 불과하네.

그대들이 위대한 것은 위대한 사람 안에서라네.

또 나는 그를 보면서 그대들을 보고 사랑했나니.

그 광활한 우주에서 사랑이 닿지 못할 거리가 있을까?

어떤 전망, 어떤 기대, 어떤 예상이 그 비상보다 높이 날 수 있을까?

사과꽃에 뒤덮인 아름드리 참나무처럼 그대들 안에

거대한 사람이 들어 있나니.

그의 힘이 그대들을 대지에 잡아두고, 그의 향기가 그대들을 하늘로 들어 올리며, 그의 영원 속에서 그대들은 죽지 않으리니.

그대들은 쇠사슬에서 가장 약한 고리처럼 약하다는 말을 들었네.

이것은 절반만 사실일지니. 그대들은 가장 강한 고리만큼 강하기도 하나니.

가장 사소한 행위로 그대들을 가늠하는 것은 부서지기 쉬운 물거품으로 대양의 힘을 재는 것과 같네.

실패로 그대들을 평가하는 것은 쉽게 변한다고 계절을 탓하는 것과 같네.

아아, 그대들은 대양과 같으리.

좌초한 큰 배들이 해안에서 물때를 기다릴지라도, 대양과 마찬가지로 그대들은 조수를 재촉할 수 없나니.

그대들 역시 계절이네.

겨울에 봄을 부인할지라도,

그대들 안에서 쉬는 봄은 나른하게, 화내지 않고 미소 지으리니.

내가 그대들이 서로 "그는 우리를 칭송했지. 그는 우리 안의 좋은 것만 보았어"라고 말하기를 바라서 이렇게 말한다고 생각하지 말기를.

나는 그대들이 생각 속에서 스스로 아는 것을 말로 전할 뿐이니.

말로 아는 것은 말이 없이 아는 것의 그림자가 아니고 무엇이리?

우리의 어제들과, 대지가 우리도 모르고 그 자신도 모르던 고대의 나날들과,

대지가 혼돈으로 어지러웠던 밤들의 기록이

봉인된 기억으로부터 물결치는 것이 그대들의 생각과 나의 말일지니.

현자들이 지혜를 주려고 그대들에게 오네. 그러나 나는 그대들에게서 지혜를 얻어 가려고 왔네.

그리고 나, 지혜보다 큰 것을 찾았나니.

그것은 그대들 안에서 저절로 모여서 타오르는 영혼.

그러나 그대들은 영혼을 키우는 데 무심한 채 지는 세월을 애통해하네.

무덤을 두려워하는 것은 몸뚱이에서 삶을 찾으며 사

는 것이거늘.

　여기 무덤은 없네.
　이 산과 들판은 요람이요 디딤돌이니.
　조상들을 묻은 들녘을 지날 때마다 잘 둘러보기를.
손을 맞잡고 춤추는 그대들과 자녀들을 보게 될지니.
　진실로 그대들은 알지 못한 채 흥겹게 즐기거늘.

　다른 이들은 와서 그대들의 믿음에 황금 언약을 해
주었고, 그대들은 그들에게 부와 권력과 영광만을 안겼
나니.
　나는 언약조차 주지 않았으나, 그대들은 내게 더 넉
넉히 베풀었네.
　그대들은 내게 삶에 대한 더 깊은 갈증을 주었네.
　모든 목적을 타들어 가는 입술에, 모든 생명을 샘물
에 쏟는 것보다 더 큰 선물은 없네.
　여기에 나의 영광과 보답이 있나니.
　물을 마시러 샘에 갈 때마다 나는 살아 있는 물도 목
말라하는 것을 아네.
　그리하여 내가 물을 마실 때 그것은 나를 마시나니.

몇몇은 내가 자존심이 강하고 부끄럼을 타서 선물을 받지 못한다고 여기네.

나는 자존심이 강해서 대가는 받지 않지만 선물은 사양하지 않네.

그대들이 나를 식탁에 부르고자 할 때 내 비록 언덕들 사이에서 산딸기를 먹었고,

그대들이 기꺼이 내게 잠자리를 주고자 할 때 내 비록 사원의 현관에서 잠을 청했지만,

음식을 달게 먹고 환상으로 감싸인 잠을 잘 수 있게 해준 것은 나의 낮과 밤을 챙겨준 그대들의 사랑이 아니었을까?

그렇게 해준 그대들에게 크나큰 축복을 내리노니.

그대들은 많이 주면서도 주는 것을 전혀 모르네.

정녕 자신을 거울에 비추는 친절은 돌로 변하며,

자화자찬하는 선행은 저주를 낳으리.

내가 냉담하며 혼자만의 고독에 빠져 있다고 말하는 이들도 있네.

또 그대들은 말하네.

"그는 숲의 나무들과는 이야기를 나누지만 사람들과는 그러지 않아.

그는 언덕 꼭대기에 홀로 앉아 성을 내려다보지."

내가 언덕에 오르고 외진 곳을 거니는 것은 사실이네.

아주 높은 곳이나 아주 먼 곳에서가 아니면 어떻게 그대들을 볼 수 있었겠는가?

멀리 있지 않으면 어떻게 진실로 가까이 있을 수 있으리?

어떤 이들은 말로써는 아니지만 내게 이야기했네.

"이방인이여, 이방인이여, 다다를 수 없는 높은 곳을 사랑하는 이여, 어찌하여 독수리가 둥지를 트는 산꼭대기에 거하십니까?

어찌하여 얻을 수 없는 것을 구하십니까?

어떤 폭풍우를 그물에 담으려 하십니까?

그리고 하늘에서 어떤 덧없는 새들을 사냥하십니까?

오셔서 우리와 어울리소서.

내려오셔서 우리의 빵으로 허기를 채우고 우리의 포도주로 갈증을 달래소서."

고독한 영혼 속에서 그들은 이런 말들을 했네.

하지만 고독이 더 깊었다면 그들은 알았으리. 내가 그대들의 기쁨과 아픔의 비밀을 찾고 있었다는 것을.

또 하늘을 걷는 그대들의 더 큰 자아만을 따라갔다는 것을.

하지만 사냥꾼은 또한 사냥당하는 이였거늘.

내 활을 떠난 여러 대의 화살이 바로 내 가슴팍으로 날아들었네.

나는 것은 또한 기는 것이었나니.

내 날개가 태양 속에서 펼쳐질 때 대지에 드리워진 그림자는 거북의 형상이었네.

그리고 믿는 자인 나는 또한 의심하는 자였나니.

그대들을 더 많이 믿고 더 크게 알려고 내 자신의 상처에 손을 자주 넣었네.

이 믿음과 이 깨달음으로 말하노니.

그대들은 몸 안에 갇힌 것도 아니요, 집이나 들녘에 붙들린 것도 아니라.

산 위에 살고 바람을 타고 누비는 것은 바로 그대들이니.

그것은 따스함을 찾아 햇볕 속으로 기어들어 가거나

안전을 찾아 어둠 속에 구멍을 파는 것이 아니네.

그것은 자유로운 것, 대지를 감싸고 창공을 지나는 영혼이라네.

이 말들이 모호할지라도 명확하게 하려고 애쓰지 말기를.

모호함과 흐릿함은 모든 것의 시작이지 끝이 아니니,

그대들이 나를 시작으로 기억해 주기를.

삶과 살아가는 모든 것은 결정체 속이 아닌 안개 속에서 잉태되지.

또 결정체가 쇠락하는 안개일 뿐일지 누가 알겠는가?

그대들이 나를 생각할 때 이것을 기억해 주면 좋겠네.

가장 연약하고 갈피를 못 잡는 것처럼 보이는 것이 가장 강하고 가장 확고한 것이니.

뼈대를 세우고 단단하게 한 것은 숨결이 아닌가?

또 성을 짓고 그 안의 모든 것을 만든 것은 그대들이 꿈꾸고도 기억 못 하는 꿈이 아닌가?

그 숨결의 흐름을 볼 수만 있다면 다른 모든 것을 보는 것은 멈추고 싶으리.

또 꿈의 속삭임을 들을 수 있다면 다른 소리는 듣지 않고 싶으리.

그러나 그대들은 보지 않고 듣지 않으니, 그래도 괜찮네.

눈을 가리는 베일은 그것을 짠 손이 걷어줄 것이요,

귀를 막은 찰흙은 그것을 반죽한 손이 파내줄 것이니.

그러면 그대들은 보게 되리.

그러면 그대들은 듣게 되리.

하지만 그대들은 보지 못했던 것을 개탄하지 않으며, 듣지 못했던 것을 후회하지 않으리.

그날 그대들은 모든 것에 감추어진 목적들을 알게 될 것이므로.

또 빛을 축복하듯 어둠을 축복할 것이므로.

이런 말을 한 후 그는 주위를 돌아보았다. 배의 키 옆에 서서 한껏 펄럭이는 돛들을 바라보다가 먼 곳을 응시하는 키잡이가 그의 눈에 띄었다.

그가 말했다.

내 배의 선장은 인내하고 인내하네.

바람이 불고 돛들은 가만있지 못하거늘.

키조차 어서 가자 청하거늘.

그런데도 선장은 조용히 나의 침묵을 기다리네.

또 더 큰 바다의 합창을 들은 나의 선원들, 그들 역시 내 말을 참을성 있게 들어주네.

이제 그들은 더 기다리지 않아도 되리.

나는 준비되었나니.

시냇물은 바다에 닿았고, 위대한 어머니는 다시 한 번 아들을 품에 안네.

안녕히, 오르팔레세 사람들이여.

이날은 저물었네.

수련이 내일을 향해 잎을 닫듯이 이날이 우리에게 닫히고 있네.

여기서 받은 것을 우리는 간직하리.

또 그것으로 족하지 않다면, 다시 함께 와서 베푸는 이에게 손을 뻗으리.

내가 그대들에게 돌아오리라는 것을 잊지 말기를.

얼마 후 내 갈망은 먼지와 거품을 모아 또 다른 몸을 만들리니.

얼마 후 바람결을 타고 잠시 쉬면 또 다른 여인이 나를 낳으리.

그대들과 내가 더불어 보낸 청춘이여, 안녕히.

우리가 꿈속에서 만난 것이 바로 어제였을지니.

혼자인 나에게 그대들은 노래해 주었고, 나는 그대들의 갈망으로 하늘에 탑을 세웠네.

하지만 이제 잠은 달아났고 꿈은 끝나, 더 이상 새벽이 아닐지니.

한낮이 다가와 흐릿하던 정신이 또렷해졌으니, 우리 헤어져야 하리.

기억의 여명 속에서 우리 다시 만나면, 더불어 이야기하고 그대들은 내게 더 깊은 노래를 불러주리.

또 다른 꿈에서 우리의 손이 만나면, 하늘에 또 하나의 탑을 세우리.

그는 그렇게 말하고 뱃사람들에게 신호했다. 곧 그들은 닻을 올리고 항구에서 배를 풀어 동쪽으로 향했다.

사람들이 한마음인 듯 울음을 터뜨렸고, 그 소리는 어스름 녘으로 솟구쳐 거대한 나팔 소리처럼 바다 위로 날아갔다.

알미트라만이 침묵하며 배가 안개 속으로 사라질 때까지 지켜보았다.

그리고 사람들이 모두 흩어졌을 때 그녀는 여전히 둑 위에 홀로 서서, 마음속으로 그가 남긴 말을 떠올렸다.

"얼마 후 바람결을 타고 잠시 쉬면 또 다른 여인이 나를 낳으리."

1883년 레바논 북쪽 비샤리의 마론파 기독교 산악 마을에서 태어난 칼릴 지브란은 1895년 대부분의 일가와 함께 미국으로 이민했다. 그는 한동안 보스턴에 정착해 살다가 몇 년간 모국에 돌아가 교육을 마쳤다. 유년기 내내 글과 그림에 똑같이 소질을 보였지만, 그가 보스턴의 세기말적 상황에서 사람들의 관심을 먼저 끈 것은 전도유망한 화가로서였다. 하지만 1902년 교육을 마치고 보스턴으로 돌아왔을 즈음, 지브란은 이미 글쓰기 실험을 시작한 참이었다. 그는 계속해서 소묘와 채색화를 그렸고, 1908년부터 1910년까지 2년간 파리의 아카데미 쥘리앙에 다니며 열심히 그림을 그렸다. 그러나 첫 번째 책이 발표된 시기부터(아랍어로 쓴 짧은 단행본이 1905년 뉴욕에서 출간되었다) 지브란은 작가로서 관심을 끌기 시작했다.

1904년 지브란은 열 살 연상인 메리 해스켈을 만났다. 그녀는 보스턴의 부유한 교사였다. 두 사람의 관계는 우여곡절이 많았지만, 지브란이 1931년 생을 마감할 때까지 내내 호의적으로 유지되었다. 처음 십 년간 두 사람은 연인 관계에 가까웠고, 짧은 기간 약혼하기도 했다. 지브란의 얼마 안 되는 수입을 보조하고 그가 아카데미 쥘리앙에서 공부할 수 있도록 파리에 보내준 사람도 메리 해스켈이었다. 1912년 지브란이 뉴욕으로 옮긴 후 둘의 관계는 약간 식었지만, 해스켈은 그의 가장 가까운 친구이자 조언자, 편집자로 남았다. 최종적인 형태의 『예언자』는 메리 해스켈의 보이지 않는 손의 덕을 많이 보았다.

그녀의 일기에서 이 책의 오랜 잠복기의 흔적을 엿볼 수 있는데, 벌써 1912년에 책에 대한 이런저런 단편적인 이야기가 일기에 나오기 시작한다. 나중에 지브란은 처음 이 책을 꿈꾼 것은 어린 시절 레바논에서였다고 주장하기는 했다. 그럴지도 모르지만 1919년 책이 현재의 형태를 갖추게 될 때까지 이 책은 해스켈의 일기에서 자주 언급되었다. 나중에 그는 탈고한 원고를 4년간 가지고 있다가 출판사에 넘겼다. "원고의 모든 어휘가 내가 내놓아야 했던 최고의 표현인지 확신하고 싶어서"가 그 이유였다.

그리하여 지브란의 다른 저서 세 권을 이미 출간한 (큰 성공은 거두지 못했다) 알프레드 A. 크노프가 1923년 9월 『예언자』를 출간했다.

『예언자』에서 예언자 알무스타파('선택받은 자'를 뜻한다)는 오르팔레세에서 유배를 마치고 배에 올라 마침내 고국으로 돌아갈 참이다. 그가 떠나기 전 오르팔레세의 사람들이 마지막 지혜의 말을 듣기 위해 주변에 모여든다. 그는 종교에서부터 먹고 마시는 것에 이르는 총 스물여섯 개의 주제에 대해 말한다.

이 책이 원래 3부 연작 중 1부로 의도되었다는 것을 아는 사람은 별로 없다. 간략히 말하면 1부는 인생의 굵직한 주제들—탄생, 죽음, 종교, 결혼, 사랑, 자녀들, 일 등등—을, 2부는 인간과 자연의 관계를, 3부는 인간과 신의 관계를 다루려 했다. 하지만 『예언자』의 출간 후

지브란은 3부작을 완성하려는 의욕이 줄었고, 『사람의
아들 예수』 같은 다른 책들에 관심을 쏟았다. 그러나 사
망 당시 그는 2부 '예언자의 정원'을 집필 중이었다. 그
가 세상을 떠난 후 바바라 영이 이 원고를 편집해서 (어
느 정도로 편집했는지는 확실치 않다) 사후 출판했다. 3부
'예언자의 죽음'의 남은 원고는 아주 일부로, 알무스타
파의 죽음의 본질을 다룬다. "그는 오르팔레세로 돌아
왔고, 사람들은 장터에서 그에게 돌을 던지리. 죽음에
이를 때까지. 그리고 그는 돌마다 축복의 이름으로 부
르리."

어떤 기준으로 봐도 『예언자』는 대단한 책이다. 출판
역사의 수치가 이것을 보여준다. 영어로 쓴 지브란의
전작들로 미루어 크노프는 이 책을 내기로 하면서 큰
기대는 하지 않았을 것이다. 하지만 지브란은 이 책이
잘될 거라고 확신했고 크노프에게도 그렇게 말했다. 그
는 이미 시 단체 등에서 다양한 청중에게 원고의 일부
에 대해 말해서 호의적인 반응을 받았다. 크노프는
1500부를 찍어서 첫해에 모두 판매했다. 이듬해 판매
부수는 두 배였고, 그다음 해에 다시 두 배로 늘어났다.
이 책은 그 후 지금까지 북미에서만 경이로운 판매고를

기록했다. 1957년에는 100만 부를 기록했고, 1965년까지 250만 부가 팔렸으며, 현재까지 세계 40개 이상의 언어로 번역되어 1억 부 이상 팔렸다.

이 책이 계속 사람들의 간절한 욕구를 충족한다는 것은 판매 부수가 말해준다. 많은 이들이 위기의 순간에 『예언자』에서 지지와 영적인 자양분을 얻고, 결혼과 장례 예식에 책의 내용을 쓰기도 한다. 이 책은 명료하고 간단한 어휘로 표현되어, 복잡한 마음의 피상적인 겹겹의 껍질을 뚫고 내면의 더 깊은 곳까지 파고든다.

1914년 9월 처음 책을 기획하면서 지브란은 설명하거나 논하기보다는 단지 권위를 가지고 말하기로, 문체에 대한 방침을 정했다. 그는 책이 출간되기 직전인 1922년 말까지도 원고를 거듭하여 읽으면서 글이 지나치게 '설교조'가 되지 않는지 확인했다. 그는 최고의— 그의 표현대로 '가장 진짜인'—책들은 짧다고 믿기에 의도적으로 (그의 모든 저서처럼) 짧은 문장을 구사했다.

이 책의 형태는 니체에게서 따왔다.『자라투스트라는 이렇게 말했다』에서 니체는 선지자 자라투스트라를 대변인으로 삼는다. 자라투스트라는 알무스타파와 똑같이 사람들에게 지혜를 나눠주고, 똑같이 함축적인 방식으로 하나하나 주제들에 접근한다.

그러나 그 내용은 어떠한가? 출판되기 얼마 전 지브란은 책의 메시지를 아주 간결하게 말했다. "그대들은 생각하는 것보다 훨씬 위대하며 모든 게 좋다." 사실 그의 초기 아랍어 저술들은 세상과 인생의 허망함의 불쾌함에 대한 대단히 비관적인 관점을 보여주었으나, 그의 긍정적인 태도는 『광인』(1918)과 『선구자』(1920)를 통해 더 발전되다가 『예언자』에서 최고조에 이르렀다. 이 책의 메시지가 가볍고 낙관적이며, 그것이 사람들을 끄는 첫 번째 특징임은 두말할 필요가 없다. 그러한 태도로 지브란은 긴 세월 인생에 관련된 심오한 문제들을 숙고했고 그 결실을 이 책에 담았기 때문에, 과거와 현재의 독자로 하여금 강력하게 심금을 울린다.

칼릴 지브란의 『예언자』는 오래전에 독자로서 만난 책이다. 그때는 한 구절 한 구절 느낌 있는 문장이 마음에 들어서 좋아했다. 종교 경전 같기도 하고 시집 같기도 하고, 동양적이기도 하고 서양적이기도 한 글의 분위기가 새로움을 주었다. 무엇보다 감성을 자극해서 읽으면 설레는 게 좋았다. 그때는 인생의 무게를 알기에는 너무 젊었다. 아니, 어렸다. 이후 칼릴 지브란의 다른 작품을 번역하면서도 좋다는 '느낌'만 강렬했지 단어와 단어 사이, 문장과 문장 사이에 담긴 의미가 내 삶과 마음 안으로 들어오지는 않았다.

그러다 『예언자』의 번역을 맡아 작업하면서 독자로서도, 번역자로서도 새로운 경험을 하게 되었다. 우선 지브란에 대해 예전에 몰랐던 사실들을 알게 되었고, 영어로 쓴 그의 문장에서 동양적인 분위기가 짙게 풍기는 이유도 알게 되었다. 또 문장으로 이루어진 글에서 왜 그림이 느껴지는지도 알았다.

그는 레바논에서 태어났지만 미국으로 이주했고, 레바논으로 돌아가 교육을 받은 후 뉴욕으로 돌아와 작품 활동을 했다. 또 지브란은 화가가 되고자 했으나 작가가 된 사람이었다. 그리고 이 이질적인 것들이 어우러져서 인생을 넓고 깊게 다룬, 그러면서도 아름다운 『예언자』로 태어났다.

그는 이 책에서 삶의 소소하지만 중요한 부분들을 다루려 했고, 그것은 삶에 대해 사람들과 소통하고 싶었다는 뜻이다. 나도 그 소통의 일부가 되어, 『예언자』라는 숲 전체와 그 안에 담긴 각각의 주제라는 나무를 세심하게 살피려고 애썼다. 덕분에 오래전 독자로서, 번역자로서 놓쳤던 글의 의미를, 지브란이 말하고 싶었던 삶의 의미를 조금은 더 깊이 이해할 수 있었다.

나는 각각의 장이 그가 여행지에서 나에게 보낸 엽서

라고 생각했다. 그는 삶의 요소들에 대해 간단한 문장으로, 그러나 인생을 뜨겁고 아리게 산 사람만이 느낄 수 있는 의미를 담아 우리에게 말을 건다. 생의 순간순간, 그때 내 가슴에 들어오는 주제를 읽으면서 그 뜻을 음미하노라면 어느덧 깨달음이나 위로, 용기를 얻게 될 것이다. 번역 작업을 하면서 나는 내내 많은 것을 깨닫고 위로받고 용기를 얻었다. 혹시 지금 놓친 것이 있다면 오랜 후 다시 이 책을 읽을 때 얻을 수 있으리라 기대한다. 그때 또 번역할 기회가 생길까. 아마 『예언자』는 그때의 나에게 전혀 새로운 책이 될 것이다.

공경희